AF193943

www.s-ng.de

Über diese Geschichte

Schon früh brechen Sascha und Markus an diesem Himmelfahrtstag auf, um auf der Brockenstraße Norddeutschlands höchsten Berg zu besteigen. Es ist ihre erste gemeinsame Bergtour seit Saschas Unfall – und zugleich ihre schwierigste.

„Gipfelstürmer" erzählt von Schweiß und Tränen, von einer Liebe, die nicht einfach aufhört, nur weil man nicht mehr zusammen ist, von einer bedingungslosen Freundschaft – und von dieser einen Art Glück, die einen mit Haut und Haaren erfasst und eigentlich viel zu groß ist, als dass man es aushalten kann.

„Gipfelstürmer" ist ein Spin-Off des Romans „Weil du es bist". Die Kurzgeschichte spielt in der Zeit von Fredis und Saschas Trennung. Sie lässt sich unabhängig vom Roman lesen und genießen.

Entstanden ist „Gipfelstürmer" im Rahmen der #Authorschallenge auf Instagram. Die Autorin wurde von Alizée Korte nominiert mit dem Stichwort „Zeitlupe".

Über die Autorin

Sabine Nagel liebt es, während des Schreibens vollkommen abzutauchen in die Gedanken-, Gefühls- und Erlebniswelt ihrer Protagonisten. Für sie sind sie dann real, und während sie schreibt, verschmilzt sie quasi vollkommen mit ihren Hauptfiguren. Dieses Gefühl ist es, das sie zum Schreiben antreibt - und der Wunsch, die entstandenen Geschichten mit ihren Leser*innen zu teilen und ihnen ein emotionales und fesselndes Leseerlebnis zu bereiten.

Im wahren Leben ist Sabine Nagel Lehrerin. Aufgewachsen ist sie als echtes „Nordlicht" in Schleswig-Holstein. Zum Studieren ging sie nach Hannover, wo sie insgesamt 12 Jahre wohnte.

Mittlerweile lebt die Autorin nördlich von Nürnberg. Sie ist verheiratet und hat zwei neunjährige Kinder.

Mehr Informationen über die Autorin gibt es unter www.s-ng.de.

SABINE NAGEL

Gipfel-stürmer

KURZGESCHICHTE – AUTHORSCHALLENGE

FSC
www.fsc.org
MIX
Papier aus ver-
antwortungsvollen
Quellen
Paper from
responsible sources
FSC® C105338

Impressum:

Gipfelstürmer. Kurzgeschichte Authorschallenge.
1. Auflage
© Sabine Nagel, 2022

Herstellung und Verlag:
BoD – Books on Demand, Norderstedt
ISBN: 978-3-7543-7897-7

Covergestaltung: Sabine Nagel

Bibliographische Informationen der deutschen Nationalbibliothek: Die Deutsche Nationalbibliothek verzeichnet diese Publikation in der deutschen Nationalbibliographie; detaillierte bibliographische Daten sind im Internet unter http://dnb.d-nb.de abrufbar.

Manchmal erscheint es einfacher,
alles Alte hinter sich zu lassen.
Sogar die zu vertreiben,
die mit dir durch deinen dunklen Tunnel gehen wollen.
Aber das Licht und die Weite draußen,
die sind noch da,
und irgendwann wird der Moment kommen,
dass du sie wieder spüren willst.

Dann bist du bereit für den nächsten Gipfel,
und du wirst ihn nicht allein erklimmen müssen.

GIPFELSTÜRMER

Wir sind da. Wahnsinn. Wir machen es wirklich. *Ich* mache es wirklich. Mein Herz klopft wild vor Aufregung, während wir auf den Parkplatz *Alte Bobbahn* einbiegen. Gleich geht es los. Fünfhundert Höhenmeter bergauf, verteilt auf zehn Kilometer Strecke, sie werden mich mehr fordern als alle Touren, die Markus und ich früher gemacht haben.

Der Parkplatz ist noch ziemlich leer. Wir finden ohne Probleme einen Stellplatz, der es mir ermöglicht, bequem auszusteigen. Das Parkhaus, das über mehrere Behindertenparkplätze verfügt, lag uns strategisch zu ungünstig. Zu weit unten, zu weit weg vom eigentlichen Beginn unserer Tour. Wir haben das recherchiert. Wir haben *alles* recherchiert.

Während ich meinen Rollstuhl zusammenbaue und anschließend vom Beifahrersitz in ihn übersetze, schultert Markus seinen großen Tagesrucksack, in dem auch mein Zeug ist. Den Rucksack, den ich mir normalerweise über die Rückenlehne hänge, habe ich heute nicht mitgenommen. Ich habe heute nur mich und meinen Rolli dabei. Und die Trinkflasche samt Halterung vorne am Rollstuhlrahmen. Es ist nicht nur eine Frage des Gewichts, sondern auch eine des Schwerpunkts.

„Bist du bereit?" Markus schließt die Kofferraumtür und aktiviert die Zentralverriegelung. Es ist mein Auto, aber er steckt sich den Schlüssel in seine Hosentasche. So haben wir es ausgemacht.

„Klar", antworte ich.

Und dann gehen wir los. Unsere erste Etappe führt uns durch den höher gelegenen Teil des Ortes Schierke, vorbei an ein paar Wirtshäusern und der Jugendherberge bis zum Nationalparkhaus.

Einen guten Kilometer und knapp vierzig Höhenmeter. Sozusagen zum Warmwerden.

Das Wetter ist hervorragend an diesem Himmelfahrtstag. Die Sonne scheint, es sind jetzt am Morgen vierzehn Grad, heute Nachmittag sollen es bis zu fünfundzwanzig werden. Regen ist nicht angesagt. Bessere Voraussetzungen könnten wir nicht haben.

So früh ist hier kaum jemand unterwegs. Logisch. Wer zu Fuß von hier aus den Brocken besteigt, braucht dafür zwei bis drei Stunden. Markus und ich rechnen mit mindestens sieben. Der Mittags-Ansturm im Touristensaal oben auf dem Gipfel wird längst vorbei sein, wenn wir kommen.

Wenn wir kommen.

Vielleicht schaffe ich es auch einfach nicht.

Dass diese Möglichkeit besteht, ist mir klar. Aber ich werde alles geben. Und Markus wird an meiner Seite sein.

Markus. Mein bester Freund seit dem Kindergarten. Auch er gehörte zu denen, die ich nach dem Unfall nicht mehr sehen wollte. Niemanden wollte ich sehen. Es erschien mir leichter, mit mir selbst und mit der Tatsache, für immer behindert zu sein, klarzukommen, wenn ich alles Alte hinter mir lasse. Anfangs schien das auch zu funktionieren. Das Mitleid der Leute ist geringer, wenn sie einen vorher nicht kannten. Sie gehen unbefangener mit einem um. Manche jedenfalls. Die, die grundsätzlich dazu in der Lage sind. Und davon durfte ich inzwischen einige kennenlernen.

„Mensch, Sascha, jetzt haben wir gar kein Foto gemacht", unterbricht Markus meine Gedanken. „Lass uns das nachholen."

„Ein Foto." Ich mag es noch immer nicht, im Rollstuhl fotografiert zu werden. Auch wenn es inzwischen einige wenige Bilder gibt, die okay sind. Das aus dem Berggarten zum Beispiel, das Fredi von mir gemacht hat. Oder das von mir und Markus auf der Südbrücke in Mainz. „Du willst heute aber keine Fotostory machen, oder?"

„Nein. Keine Sorge. Nur ein paar Bilder. Zur Dokumentation. Jetzt siehst du noch frisch aus." Er grinst mich an.

„Okay, meinetwegen." Er macht das heute mit mir und es wird auch für ihn kein Zuckerschlecken sein. Was vermutlich eine extreme Beschönigung für das ist, was ihn erwartet. Er wird schrecklich langsam gehen und womöglich zusätzlich auch noch meine Launen ertragen müssen. Für mich ist diese Aktion eine Herausforderung, von der ich nicht weiß, ob ich ihr gewachsen sein werde, weder körperlich noch emotional. Und er wird das alles aushalten müssen. Da will ich ihm seinen Wunsch nicht verwehren. Markus liebt das Fotografieren und er ist auch wirklich gut darin. Er hat früher geniale Fotobücher von unseren Touren gemacht. Wenn ich es heute bis zum Gipfel schaffe, werde ich sie mir wieder angucken, zum ersten Mal seit über drei Jahren.

„Wir könnten uns vor der Jugendherberge ablichten. In Erinnerung an alte Zeiten. Okay?"

„Okay." Es erfüllt mich mit Stolz, dass ich einfach so „Okay" sagen kann. Vor knapp dreieinhalb Jahren haben Markus, Lilly, Corinna und ich Anfang Januar zwei Nächte hier in der Schierker Jugendherberge übernachtet. Fünf Tage waren wir mit dem Rucksack im Harz unterwegs, waren Eislaufen in Braunlage, Schneeschuhwandern und Rodeln auf dem Wurmberg, und natürlich sind wir auch auf den Brockengipfel gewandert. Es war cool. Zwei junge, verliebte Pärchen voller Tatendrang und voller Leben.

Zweieinhalb Monate später hat mein Leben eine lange Pause gemacht.

„Denkst du oft an Lilly?", frage ich Markus, während die Jugendherberge langsam in Sicht kommt. Ich rolle relativ entspannt neben ihm her, die Steigung ist gering und die Straße gut. Lilly hat nach der Schule eine Ausbildung zur Augenoptikerin gemacht und wohnt jetzt in Lüneburg, sie hat sich irgendwann letztes Jahr von Markus getrennt.

„Ach ..." Markus hebt die Schultern. „Es hat halt nicht sein sollen. Wir hatten uns eh auseinandergelebt. Du hast doch gesehen, auf der Party bei Jan konnten wir normal miteinander umgehen."

Ich sage jetzt lieber nicht, dass ich an dem Abend viel zu sehr mit mir selbst beschäftigt gewesen bin, als dass ich Markus' und Lillys Umgang miteinander beobachtet hätte.

„Du und Corinna, ihr seid ja auch ganz gut miteinander klargekommen, oder?", fragt Markus.

„War schon okay."

Unsere erste Begegnung nach drei Jahren war zuerst extrem verkrampft. Doch mit der Zeit wurde es besser. Wir haben sogar getanzt. Aber eigentlich habe ich dabei die meiste Zeit an Fredi gedacht.

Wir kommen an der Jugendherberge an. Markus nimmt seinen Rucksack ab und holt seine Kamera raus.

„Sag jetzt nicht, du schleppst auch noch das Stativ mit dir rum", sage ich, als er sein kleines Teleskopstativ aus dem Rucksack nimmt.

Markus macht eine wegwerfende Handbewegung. „Ach, bei deinen Unmengen von Sportschorleflaschen ist das bisschen an Gewicht nun wirklich zu vernachlässigen."

„Warte nur, bis ich fast oben bin und alle Flaschen ausgetrunken habe! Dann macht es einen deutlich größeren prozentualen Anteil am Gesamtgewicht aus."

„Du hast recht." Markus zieht die Teleskopbeine des Stativs aus. „Wir sollten die leeren Flaschen unbedingt wieder auffüllen, wenn wir an einem Bach vorbeikommen."

„Ich werd dich dran erinnern."

„Ich bitte darum." Markus bleibt genauso todernst wie ich, aber als sich unsere Blicke treffen, müssen wir doch beide grinsen. Markus' Stativ hat uns schon auf vielen Wanderungen begleitet, und manchmal hat er es wegen des zusätzlichen Gewichts verflucht. Trotzdem nahm er es bei jeder Tour wieder mit. Die Kamera lässt sich damit auf gut einem Meter Höhe aufstellen.

Markus bereitet alles vor, schaltet seine Kompaktkamera auf Selbstauslöser, rennt zu mir rüber, hockt sich neben mich, wir legen die Arme umeinander, und dann lächeln wir in die Kamera. Fast wie früher.

Nachdem Markus den Fotoapparat vom Stativ abgeschraubt hat, gibt er ihn mir, während er die Teleskopbeine wieder zusammenschiebt. Ich betrachte das Bild auf dem kleinen Display. Es unterscheidet sich von den meisten neueren Fotos, die es von mir gibt. Meistens werde ich von schräg oben aufgenommen. Das lässt mich oft klein wirken. Dieses Bild zeigt uns direkt von vorn, vielleicht sogar marginal von unten.

„Du lächelst", stellt Markus fest.

„Ja. Es gefällt mir."

Es gefällt mir wirklich, und es macht mir gerade auch gar nichts aus, dass Markus das merkt und vermutlich extra langsam das Stativ einpackt, um mir noch etwas Zeit mit dem Foto auf dem Kameradisplay zu geben. Der Rollstuhl ist nicht zu übersehen, ja, aber ... ich gefalle mir. Markus und ich sehen fröhlich aus. Sportlich. Energiegeladen. Wir tragen die gleichen Funktionsklamotten wie früher. Sie stehen mir, immer noch. Es fühlt sich gut an, dass sie jetzt wieder echte Verwendung finden.

„Die Kamera." Markus steht neben mir und streckt die Hand aus. „Wir sollten jetzt mal weiter. Sonst sind wir nachts noch unterwegs."

Erschrocken sehe ich zu ihm auf. Wie lange steht er schon da? Er grinst, während er die Kamera entgegennimmt. Oder vielleicht ist es auch ein Lächeln.

Am Nationalparkhaus Schierke mache ich einen Abstecher zur Behindertentoilette und entleere meine Blase. Die Ausstellung werden wir links liegenlassen. Trotzdem denke ich an Fredi. Vor eineinhalb Jahren waren wir zusammen in der Ausstellung im

Nationalparkhaus von Torfhaus. Davor hatten wir auf dem Parkplatz von Torfhaus gestanden, Pommes gegessen und auf den Brocken geblickt. Ich erzählte ihr von unserer winterlichen Brockenbesteigung. Wie wir uns auf dem Gipfelplateau durch den eisigen Sturm kämpften und uns vorkamen wie Polarforscher. Und von der Brockenstraße habe ich ihr auch erzählt.

Könntest du mit dem Rollstuhl die Straße hochkommen?, hat sie gefragt.

Ich weiß nicht, wenn man trainiert ist, vielleicht, habe ich geantwortet. Damals war ich nicht trainiert. Ich habe mir nicht vorstellen können, jemals wieder Sport treiben zu wollen. Es hätte sich wie ein nasser Abklatsch angefühlt von dem, was mal war.

Dachte ich.

Heute weiß ich es besser.

Fredi wäre gern mit mir zusammen auf den Brocken gegangen. Notfalls wäre auch mit der Brockenbahn gefahren. Ich hab's ihr angesehen: An dem Tag war sie das erste Mal traurig wegen meiner Behinderung. Es hat mir so wehgetan, das zu sehen. Wir waren dann noch im Nationalparkhaus von Torfhaus, erst auf dem Klo und dann in der Ausstellung, wir blieben lange und haben das Beste aus dem Tag gemacht – auch wenn wir beide wussten, dass ein Museumsbesuch, eine Führung im Bergwerk und ein Restaurantbesuch nicht im Entferntesten mit einer Brockenbesteigung mithalten konnten.

Das Nationalparkhaus hier in Schierke ist viel kleiner als das von Torfhaus. Trotzdem, der Tag mit Fredi im Harz steht mir so klar vor Augen, als wäre es gestern gewesen.

Ich vermisse Fredi. Ich vermisse sie so sehr.

Da hat er sich wieder von hinten angeschlichen, der Schmerz. Ich soll ihn zulassen, ich weiß. Aber nicht jetzt. Jetzt habe ich was anderes vor. Ich entsorge den Katheter und die anderen Utensilien im Mülleimer, verstaue das Desinfektionsmittel in der kleinen Tasche, ziehe meine Hose hoch und korrigiere meine

Sitzposition im Rollstuhl. Dann wasche ich mir die Hände und ziehe mir die Rollihandschuhe an.

Draußen wartet Markus auf mich. Nachdem er meine Tasche zurück in seinen Rucksack gesteckt hat, brechen wir auf.

„So, jetzt geht's los." Meine Stimme klingt plötzlich etwas belegt. Ich weiß nicht, ob wegen meinen Gedanken eben oder wegen dem, was vor uns liegt.

„Ja", bestätigt Markus. „Also dann, Tempo."

Wir kennen das Höhenprofil der Strecke auswendig. Die Brockenstraße ist geteert, für den öffentlichen Verkehr gesperrt, aber sie dient als Zulieferweg für die Gebäude auf dem Brockengipfel. Fahrradfahrer wählen die Straße als kraft- und konditionsfordernde Fahrstrecke. Rollstuhlfahrer können die Straße ebenfalls nutzen. Da es jedoch Stellen mit Steigungen von mehr als acht Prozent gibt, nur mit Begleitperson oder mit einem Zuggerät, zum Beispiel einem Swiss Trac. Teilweise gehen auch Wanderer die Straße, zumindest Abschnitte davon.

Die ersten eineinhalb Kilometer sind harmlos: Jetzt heißt es Boden gutmachen bei Steigungen zwischen einem und drei Prozent. Markus und ich kommen zügig voran. Die Brockenstraße verläuft fast komplett durch den Wald, der hier, wie fast überall im Harz, hauptsächlich aus Fichten besteht. Im ersten Abschnitt kommen wir jedoch erst an ein paar ausgedehnten Lichtungen vorbei.

Wir begegnen niemandem. Es ist kurz vor neun. Bald werden uns sicher die ersten Wanderer und Radfahrer überholen. Nach wenigen Minuten sind wir schon am Abzweig zum Eckerlochstieg, den wir aber rechts liegen lassen – lassen müssen. Stattdessen geht es für uns weiter die Brockenstraße entlang. Noch haben wir einen halben Kilometer sanften Anstieg vor uns, bevor es zum ersten Mal steiler werden wird.

„Da sind wir damals hoch", sage ich.

„Ja", antwortet Markus.

„Bisschen schöner und abwechslungsreicher als die Straße",

erinnere ich mich, während wir den Abzweig bereits hinter uns gelassen haben und der Brockenstraße weiter folgen. Die Sonne steht noch tief und die leicht feuchte Kühle hier im Schatten zwischen den hohen Fichten ist angenehm.

„Weißt du noch? Die Wurzeln und Steine unter dem Schnee? Wie oft wir weggerutscht sind? Wie lustig wir das fanden?" Markus wirft mir einen kurzen prüfenden Blick zu. So, als ob er abchecken würde, ob es wohl okay für mich ist, in Erinnerungen zu schwelgen. Dann ergänzt er: „Und die Brücken und Stege über die Bäche. Wie glatt manche waren. Und wie Lilly einmal fast in den Bach gefallen wäre. Ich höre sie noch kreischen und sehe es genau vor mir, wie sie sich an den Steg geklammert hat."

„Und wie es unter dem Schnee gegluckert hat", ergänze ich. „Schade, dass wir nie im Frühling da waren. Gegen Ende der Schneeschmelze. Diese Bachläufe überall, dieses Rauschen und Gluckern, ich liebe das."

„Na ja, das hattest du ja dann im Allgäu, oder?"

Wieder schaut er mich an, diesmal deutlich unsicherer als eben noch. Aus gutem Grund. Die Schneeschmelze war in den tieferen Lagen bereits voll im Gange, als wir zwei unsere letzte gemeinsame Wanderung antraten. Markus hatte mich über das Wochenende in meinem Zivildienst-Domizil besucht, wie so oft. Unsere Tour an jenem Samstag Anfang März war eigentlich eine von den weniger anspruchsvollen gewesen. Weil in den Höhen überall noch Schnee lag, blieben wir unter der 2000m-Marke. Es war kein Schneebrett, das abging und mich in die Tiefe riss, oder irgendetwas anderes Spektakuläres. Es war ein einfacher wackeliger Stein, von mir mit zu viel Schwung betreten, ich verlor das Gleichgewicht und stürzte mehrere Meter den Hang hinab. Ich höre Markus' entsetzten Schrei noch immer, so als wäre es eben erst passiert und als würde er noch immer nachhallen, er war lauter noch als meiner. Auch das Geräusch meiner brechenden Wirbelsäule beim Aufprall gegen den kleinen Baum, der mir wohl das Leben rettete, hat sich für immer in mein Gedächtnis eingebrannt.

Lange habe ich mir verboten, daran zu denken. Mich zu erinnern, wie ich da lag inmitten von Schneeresten, bewegungsunfähig und panisch, neben mir der ebenso panische Markus, der zu mir herabgestiegen war und verzweifelt versuchte, mich irgendwie bei Bewusstsein zu halten und mit seinem Handy den Notruf zu alarmieren. Wie verlockend die Schwärze war, die mich zwischendurch wieder und wieder überkam und gegen die ich nur wegen Markus ankämpfte, anstatt mich in sie fallenzulassen.

Seit ich diese Erinnerungen zulasse, überkommen sie mich paradoxerweise seltener und weniger heftig. Aber schlimm ist es trotzdem. Immer noch.

„Ja", antworte ich, weil irgendwas in mir sich noch der Tatsache bewusst ist, dass Markus mir gerade eine Frage gestellt hat.

Wieder sieht er mich von der Seite an. Lange. Dann fragt er: „Du denkst gerade auch an den Unfall, oder?"

Wir haben noch nie über den Tag des Unfalls geredet. Außer ganz früher, in der Rehaklinik, als ich ihn angeschrien habe, dass er mich besser in der Schwärze hätte belassen sollen. Dass es seine Schuld war, dass ich stattdessen mit diesem beschissenen Leben kämpfen musste, in dem es eine unendlich große Herausforderung war, mich vom Bett in den Rollstuhl zu manövrieren. Oder auch nur einfach mal durch einen Tag zu kommen, ohne mich einzunässen. Ein Leben, das nichts mehr mit dem zu tun hatte, was mich vorher ausgemacht hatte. Sport, Wandern, Radfahren, Feiern und Tanzen, mit meinen Freunden nachts über Freibadzäune klettern und sonntags auf Baustellenkräne, wir waren voller Leben und immer in Bewegung. Uns gehörte die Welt – und mit einem Schlag war nichts mehr davon übrig. Schon gar nicht von mir, von dem Typen, der ich mal war.

Ich habe mich nie gefragt, wie das alles für *ihn* war. Danebenzustehen und zusehen zu müssen, wie der beste Freund den Hang hinabstürzt. Um sein Leben zu bangen. Ihn im Krankenhaus und in der Reha zu besuchen und festzustellen, dass nichts mehr sein wird wie vorher. Dass der Freund ein Wrack ist, körperlich und seelisch. Und ein Ekel noch dazu. Markus hat es am längsten mit mir ausgehalten. Aber irgendwann hatte ich auch ihn vertrieben.

„Ja", sage ich wieder. Wir haben die scharfe Rechtskurve einen halben Kilometer hinter dem Abzweig zum Eckerlochstieg passiert. Fast augenblicklich wird die Straße steiler. Ich muss öfter in die Reifen greifen und komme trotzdem langsamer voran. Aber das ist in Ordnung. Ich habe trainiert, im Deister, mit Philipp und auch mit Hannes, ich weiß, was ich kann, und kenne meine Kondition. Noch ist es kühl, weil die Sonne noch flach steht und von den hohen Nadelbäumen abgeschirmt wird. „Danke, dass du damals für mich da warst. Es muss auch für dich eine schlimme Zeit gewesen sein."

„War es. Ich dachte echt, du stirbst. Dann war ich froh, dass du noch am Leben warst. Auch wenn du es damals verflucht hast, ich war froh. Und ich habe nie daran gezweifelt, dass du dem Leben irgendwann auch wieder was Positives abgewinnen wirst."

„Warum?"

„Weil ich dich kenne. Und weil ich Gespräche hatte mit einem der Psychologen im Rehazentrum. Die bieten auch für Angehörige und enge Vertraute Termine an. Mann, ich war so fertig damals, als du mich immer wieder weggeschickt hast!"

„Das ... das tut mir leid, dass es dir meinetwegen so schlecht ging." Ich muss mich zwingen, ihn anzusehen. „Ich hab damals nur an mich gedacht."

„Du warst in einer Art Überlebensmodus", sagt Markus. „Und in deinem Kampf bist du in einen Tunnel geraten, der dich erst einmal weit weg geführt hat von mir, von allem, was mit *früher* zu tun hatte. So hat es mir der Psychologe erklärt. Er sagte, dass das vielen in so einer Situation passiert. Und dass ich nichts machen kann als abzuwarten, bis du da selber wieder rausgefunden hast. Ich habe trotzdem noch eine ganze Weile versucht, mit dir zusammen da durchzugehen."

Ja. Das hat er. Über Wochen. Und ich habe es ihm gedankt,

indem ich immer gemeiner zu ihm wurde, um ihn zu loszuwerden. Mir wird heiß, während ich mir in Erinnerung rufe, was ich ihm alles an den Kopf geworfen habe. Ich konnte es nicht ertragen, dass er trotzdem immer wiederkam. Wie kann man bei jemandem bleiben wollen, der so ein Arschloch ist? Doch wohl nur, wenn man denjenigen nicht ernst nimmt. So habe ich es damals empfunden. Als er endlich ging, fühlte ich mich einen Moment lang für voll genommen. Befriedigt. Bestätigt.

„Sorry, dass ich das nicht wertschätzen konnte. Dass du meinetwegen so eine schwere Zeit hattest."

„Längst verziehen. Die Termine bei dem Psychologen haben mir echt geholfen."

„Danke."

Gerne würde ich viel mehr sagen oder tun. Aber es gibt nichts, das auch nur annähernd ausreichend sein könnte. Und so bleibt es bei diesem Danke aus tiefstem Herzen, begleitet von einem Blick, mit dem ich seinen suche. Er schaut zurück und lächelt, und da weiß ich, dass es okay ist. Dass er nicht mehr braucht.

Ich hatte auch Gespräche mit den Psychologen im Rehazentrum. Jede Menge. Erst habe ich mich dagegen gewehrt. Habe alles abgeblockt. Wozu noch reden, wenn doch eh alles vorbei war? Als ich körperlich besser zurechtkam, erwachte ein Teil von mir wieder zum Leben. Ich kämpfte. Ich trainierte hart. Ich erlangte meine Selbstständigkeit zurück. Ich konnte die Rehaklinik schneller verlassen als die meisten anderen vergleichbaren „Fälle". Und ich lernte, wie ich mich zu verhalten hatte und was ich sagen musste, damit der Psychologe mir ebenfalls eine gute Prognose gab.

Draußen, im echten Leben, habe ich es dann ohne psychologische Betreuung versucht. Ich war mir sicher, dass ich keine brauche. Viel zu lange habe ich das geglaubt. Hätte ich es früher eingesehen, hätte das mit Fredi vielleicht gehalten. Auf Dauer, meine ich. Aber ich war noch immer in dem Tunnel, von dem Markus gesprochen hat. In einem, der so eng war, dass ich mich nicht umdrehen und zurückschauen konnte. Er hat mich beschützt vor dem Schmerz, indem er nur eine Blickrichtung zuließ: nach vorne. Klarkommen, Auto fahren, alleine wohnen, studieren. Neue Freunde finden und der Unbekümmerte sein, den alle mögen. Meine Ziele waren klar umrissen und ich habe sie erreicht.

Dann kam Fredi. Mit ihr wurde der Tunnel breiter und heller und bunter. Da war auf einmal so viel Glück. Und Liebe. Aber wo es hell ist, kann man mehr sehen. Und wo Platz ist, kann man sich umschauen. Das Sehen und Zurückschauen tat so weh. Und weil ich nicht gelernt hatte, mit dem Schmerz umzugehen, blieb mir nur das, was ich konnte: Nach vorne fliehen, dorthin, wo der Gang wieder enger wurde. Meine Behinderung ausblenden, so gut es ging. Ich blieb im Tunnel, freiwillig, und so haben Fredi und ich in Wahrheit nie eine Chance gehabt.

„Was hat dir geholfen?", will Markus wissen.

„Ich weiß nicht", antworte ich. „Die Zeit vielleicht. Irgendwann hab ich kapiert, dass ich es alleine nicht schaffe. Dass ich Hilfe brauche, um damit klarzukommen. *Wirklich* klarzukommen, verstehst du, was ich meine?"

„Ich glaube schon", sagt Markus.

Dann schweigen wir. Vielleicht hängt Markus seinen eigenen Gedanken nach. Wir haben die nächste Kurve genommen und der erste wirkliche Anstieg beginnt. Zwischen sechs und zehn Prozent Steigung, das ist eine echte Herausforderung. Ziemlich genau einen Kilometer geht es auf diese Art bergauf.

Das Krasse ist: Die Straße vor uns sieht gar nicht steil aus. Es ist optisch kaum ein Unterschied zu dem vorherigen Abschnitt. Aber schon nach fünfzig oder hundert Metern spüre ich es in den Armen. Ich muss deutlich mehr Kraft aufwenden für jeden Schub und schneller umgreifen, damit der Rollstuhl in Schwung bleibt und nicht zurückrollt, bevor ich mit den Händen wieder an den Greifreifen bin. Ich fange an zu schwitzen und halte an, um mir mein langärmeliges Oberteil auszuziehen. Ohne, dass ich ihn bitten muss, stellt sich Markus direkt hinter mich. Er wäre da, falls mein Rolli kippen sollte. Ich reiche ihm das Oberteil nach hinten, und er verstaut es in seinem Rucksack, während ich gierig ein paar Schlucke aus meiner Trinkflasche nehme.

Das Losfahren nach der kurzen Pause ist fies. Ich bin aus dem Rhythmus, und meine Arme fühlen sich plötzlich ausgelaugt an. Dabei liegen noch sieben Kilometer und knapp vierhundert Höhenmeter vor uns. Ich hefte meinen Blick auf die Straße vor mir. Schieben, atmen, schieben, atmen, ... O Mann, ich komme kaum vorwärts und die Kurve rückt kein bisschen näher.

„Erzähl mir was", sagt Markus auf einmal.

Er geht direkt hinter mir, wäre da, um meinen Rolli zu halten, wenn er zurückrollen würde.

„Jetzt? Hier? Meine Luft reicht kaum zum Anschieben, da kann ich doch nicht auch noch reden."

„Dann mach langsamer, Sascha. Du hältst das sonst nicht durch bis oben."

Natürlich weiß ich, dass er recht hat. Aber da hinter der Kurve, an der Brücke über die *Schwarze Schluftwasser*, da machen wir Pause, und danach geht es erstmal flach weiter. Bis dort muss ich durchhalten, ich krieg das hin ...

Scheiße, meine Arme und Schultern fangen jetzt schon an zu brennen. Und meine Lunge auch. Dabei ist das hier nur der Anfang. Ich muss meinen Rhythmus finden. In eine Art Trancezustand kommen, in dem meine Gedanken woanders sind und nicht hier auf der Brockenstraße. Wo ich die Anstrengung gar nicht mehr merke, obwohl ich in Wirklichkeit nichts anderes mache, als mich Schub um Schub diese Straße hochzukämpfen.

Meter um Meter arbeite ich mich voran. Minute um Minute vergeht. Die ersten Rennradfahrer überholen uns. Es sind drei Frauen und drei Männer, schätzungsweise zwischen dreißig und vierzig Jahre alt. Für sie ist dieser Abschnitt ein Kinderspiel. In ihren muskulösen Oberschenkeln steckt jede Menge Kraft.

Einer der Männer verlangsamt sein Tempo und sieht zu mir

zurück, während er sich allmählich von mir entfernt. „Wow!",
ruft er. „Das nenne ich sportlich!"

Ich schenke ihm ein Lächeln, von dem ich hoffe, dass es nicht
gequält aussieht. Denn es ist ehrlich. Zum Danke-Sagen fehlt mir
die Luft. Ich sehe ihm noch nach, während er sein Tempo wieder
beschleunigt, um zu seinen Mitfahrern aufzuschließen. Er hat sie
noch nicht ganz eingeholt, als sie an der Kurve außer Sicht ver-
schwinden. Kurz dreht er sich noch einmal um und winkt mir
aus der Entfernung zu, bevor auch er die Kurve erreicht.

„Netter Typ", meint Markus hinter mir.

„Ja." Und er war eine gute Ablenkung. Jetzt sind es nur noch
schätzungsweise vierhundert Meter bis zu der Kurve.

„Mensch, Sascha, du bist zu schnell. Du hast ja schon Probleme, ein einfaches Ja auszusprechen."

Der Trancezustand. Ich will diesen Trancezustand. Warum
muss Markus mich da jetzt rausreißen? Ich konzentriere mich auf
die Straße und arbeite mich voran, etwas langsamer als vorher
zwar, aber ohne weiter auf Markus einzugehen. Meine Luft wird
schon noch reichen bis zur Kurve. Meine Arme werden das
schon schaffen. Ich war oft im Deister, ich habe trainiert, ich
kann meine Kräfte einschätzen, wirklich. Die Steigung ist ver-
gleichbar mit dem Stück vor dem Kammweg auf dem Weg zum
Annaturm, ich bin die Strecke mehrfach gefahren, sie ist hart,
wirklich hart, aber dann ist man oben. Bloß Aussicht hat man
nicht, wegen der Bäume, und auf den beschissenen Annaturm
mit seiner Aussichtsplattform komme ich nicht rauf.

Wenn ich heute Nachmittag oben bin auf dem Brocken, dann
werde ich Aussicht haben, ich werde alles sehen können, das
wird so cool sein. Dafür mache ich das alles hier, für den Blick,
für das Gipfelglück, für die Euphorie, die einen dann ausfüllt.

Und für Fredi vielleicht. Weil sie damals so traurig ausgesehen
hat, als ich sagte, dass ich wohl nicht mit ihr mit der Brockenbahn fahren würde. Weil ich mich nicht in diese Hubwagen be-
geben wollte, mit denen sie die Behinderten in den Zug laden.

Fredi fand das albern und machte keinen Hehl daraus, und obwohl ich schon damals wusste, dass sie recht hat, fühlte ich mich auf eine verletzende Art unverstanden.

Wenn ich heute wirklich oben ankomme, dann kann ich auch nochmal hoch. Vielleicht irgendwann mit Fredi. So wie heute, zu Fuß. Oder mit der Bahn. Wenn ich das heute schaffe, dann ist mir egal, dass sie einen Hubwagen brauchen, um mich in den Zug zu bekommen. Dass es ewig dauert und jeder dabei zugucken kann, wie man mich, den Behinderten, in die Bahn befördert.

Scheißegal wird mir das sein.

Weil ich oben war.

Weil ich das geschafft habe.

Im Rolli.

Verdammt, ich hätte mir ein Stirnband mitnehmen sollen. Der Schweiß rinnt mir in die Augen, sie tränen. Ich müsste ihn mir mal von der Stirn wischen, aber dafür müsste ich anhalten. Ich darf jetzt nicht anhalten, noch dreihundert Meter oder so, ich fahre hier hoch, im Rolli, *ich*, ich mache das wirklich, ich will oben ankommen, ich will die Aussicht, ich will das für mich, ich will das für Fredi ...

„Sascha, schon mal was vom anaeroben Bereich gehört?" Markus' Stimme hinter mir klingt streng. „Du bist da seit Minuten drin, *weit* drin, das *kann* nicht gutgehen!"

Mann, natürlich habe ich davon gehört, ich bin *Sportler*. Und das weiß Markus doch, warum mischt er sich ein, warum lässt er mich nicht einfach mein Ding machen?

Aber für eine Diskussion fehlt mir die Luft, ich kann gar nichts sagen, ich kann nur weiter anschieben und umfassen und anschieben und umfassen und atmen, im Rhythmus, anschieben und umfassen ...

„Sascha!" Markus schreit es geradezu. „Hör auf! Mach langsamer! Du übernimmst dich!"

„Lass mich!" Diese zwei Silben geben mir fast den Rest.

„Nein."

Er sagt es laut, er sagt es entschieden.

Wenn er mich gleich an den Schultern anfasst und mich zum Stehen bringt, dann drehe ich durch. Der Schweiß brennt mir so sehr in den Augen, dass ich nur noch verschwommen sehe.

„Ich bin mit dir hierhergekommen und ich will, dass du oben ankommst", sagt Markus. „Mach langsamer."

Ich will jetzt aber nicht langsamer machen, es ist doch gar nicht mehr weit bis zur Brücke. Ich schaffe das schon, ich habe trainiert, ich kann meine Kräfte einschätzen.

„Du kannst nicht antworten, weil du keine Luft mehr hast, stimmt's? Sascha, deine Muskeln sind voll mit Laktat, wenn du so weitermachst. Du wirst niemals oben ankommen. Du kennst doch die goldene Regel, du *weißt* das doch alles!"

Ja! Ich kenne die goldene Regel! Du musst dich noch unterhalten können, dann bleibst du im aeroben Bereich. Dann bekommen deine Muskeln genug Sauerstoff und können das Laktat, das durch den Energiestoffwechsel anfällt, noch abbauen. Bleibst du zu lange im anaeroben Bereich, übersäuern deine Muskeln, sie ermüden, und nach kurzer Zeit geht gar nichts mehr. Wir haben daran gearbeitet früher beim Zehnkampf, schrittweise unsere aerob-anaerobe Schwelle erhöht, natürlich weiß ich das noch, und auch beim Rollstuhlbasketball gehört Ausdauertraining mit zum Programm.

„Sascha." Jetzt klingt es nicht mehr streng, jetzt klingt es flehend. „Halt an. *Bitte.*"

Auf einmal wird mir klar, dass er mich nicht an den Schultern anfassen wird, um mich zu stoppen. Er bittet mich. Er wird seine körperliche Überlegenheit nicht ausspielen. Er überlässt mir die Entscheidung.

Von einer Sekunde auf die andere halte ich an. Markus hat wohl nicht damit gerechnet, er läuft in mich hinein, bremst erst seinen Schritt ab, als er meinen Rücken bereits berührt. Er bleibt dort stehen, hält mit seinen Oberschenkeln meinen Rolli, und er bleibt auch da, als ich die Bremsen festgestellt habe und mich schwer atmend wieder aufrichte.

Er sagt nichts.

Er sagt nichts über meine Verbohrtheit und nichts über meine Unvernunft. Er kommentiert nicht die Heftigkeit meiner Atemzüge, mit denen ich nach Luft ringe, um die Sauerstoffschuld wieder auszugleichen, die ich meinem Körper zugemutet habe. Er schweigt sogar, während es mich schüttelt und ich begreife, dass die Tränen in meinen Augen nicht nur vom Schweiß kommen.

Ich weiß gar nicht so genau, seit wann ich weine. Und warum überhaupt. Ich weiß nur, dass es sich so ähnlich anfühlt wie damals vor ein paar Monaten, in der Praxis von Dr. Schäfer, der mir wochenlang zugehört hat, bis ich mir endlich erlaubt habe zu weinen. Vor *ihm* zu weinen. Das rauszuschreien, was ich mir zweieinhalb Jahre lang verboten hatte, es wirklich an mich ranzulassen: Dass ich behindert bin. Ich kann allen vormachen, wie cool und selbstbewusst ich mein neues Leben lebe, ich kann witzig sein und schlagfertig, ich studiere und hatte ein halbes Jahr lang eine Freundin – aber all das ändert nichts an der Tatsache, dass ich behindert bin, schlicht und ergreifend behindert. Und dass es verdammt wehtut, das zu kapieren. So *richtig* zu kapieren.

Aber diesmal heule ich nicht so lange. Und noch etwas ist diesmal anders. Neben dem Schmerz spüre ich noch etwas anderes. Etwas Frohes. Etwas Starkes. Vorhin habe ich mich auf dem Hubwagen gesehen. Ich hab auf einmal gewusst, dass ich das wirklich machen würde. Egal, wer mir alles dabei zusieht und wie behindert ich mich dann fühle. Ich würde es tun. Mit Fredi. Für Fredi.

Markus steht die ganze Zeit an meinem Rücken, hält meinen Rollstuhl und wartet ab. Als mein Atem wieder ruhig geht, wische ich mir mit dem weichen Handschuhstoff auf dem Handrücken die Tränen aus dem Gesicht. Dann nehme ich die Flasche aus dem Halter und trinke sie aus.

„Willst du eine neue?" Markus hält mit seine Hand hin, um die Flasche entgegenzunehmen.

„Später, danke", antworte ich. Weniger Gewicht ist jetzt vermutlich wichtiger als der Schwerpunkt.

„Weiter?", fragt Markus.

„Weiter", bestätige ich.

Ich löse die Bremsen und setze den Rollstuhl in Bewegung. Markus geht noch immer dicht hinter mir her, ich kann seine Anwesenheit hören und spüren, obwohl er mich nicht mehr berührt.

„Erzähl mir was", fordert er mich erneut auf.

„Was denn?", frage ich. „Wovon denn?"

Eine ganze Zeit lang sagt keiner von uns etwas. Ich treibe meinen Rolli an, Schub um Schub, aber langsamer als vorhin. Wir werden die letzten zweihundertfünfzig Meter bis zur Kurve in Zeitlupe bewältigen und ich werde dabei reden. Bloß worüber? Ich sehe die ganze Zeit Fredi und mich in der Brockenbahn vor meinem inneren Auge, wir fahren nach oben, Hand in Hand, wir schauen nach draußen und lauschen dem Rattern des Zuges und Fredi ist glücklich und ich bin es auch.

„Erzähl mir von Fredi", sagt Markus. Kann er Gedanken lesen?

Ich verschlucke mich fast. „Von Fredi? Das mit Fredi ist vorbei, vor mehr als einem Jahr habe ich sie in den Wind geschossen, das weißt du doch."

„Erzähl mir trotzdem von ihr. Wie sieht sie aus? Wie hast du sie kennengelernt? Ich weiß fast gar nichts über sie."

Okay. Warum nicht.

„Sie ist blond, hellblond. Ihre kurzen Haare sind über und hinter den Ohren ganz leicht gewellt und stehen dort etwas ab. Sie ist sportlich, ungefähr einsfünfundsiebzig, schlank, ... Wir haben uns zufällig in einer Kneipe kennengelernt, weil wir an benachbarten Tischen saßen, und uns dann ein paar Wochen später am Maschsee wiedergetroffen."

„Wieder zufällig?"

Ich muss grinsen. „So halb." Ich war damals fast jeden Tag am Maschsee und habe nach ihr Ausschau gehalten, weil ich wusste, dass sie dort mehrmals pro Woche joggt.

Und dann habe ich sie gesehen. In ihren Laufklamotten. Sie hat was Androgynes an sich und ist doch eindeutig eine Frau, ihr Anblick hat mich vom ersten Moment an fasziniert. Und ihre Schlagfertigkeit. Ihr Humor. Ihre Art, sich auszudrücken. Ihr Lächeln. Ihre …

„Erzähl weiter", reißt mich Markus aus meinen Gedanken.

„Sie joggt da regelmäßig und ich wusste das."

„Ich verstehe. Ich nehme an, der Maschsee mutierte damals zu deinem Lieblingsaufenthaltsort?"

„Möglicherweise war ich etwas öfter da, ja." Ich weiß noch, wie Fredi vollkommen arglos *Und, was machst du hier?* fragte und ich anschließend irgendwas von *Ich bin öfter hier, frische Luft schnappen und so* stammelte. Aber sie hat keinen Verdacht geschöpft, vermutlich hat sie sich einfach so sehr gefreut, mich wiederzutreffen, dass sie damit vollkommen beschäftigt war. *Dass* sie sich gefreut hat, habe ich ihr mehr als angesehen.

„Da war etwas zwischen uns, vom ersten Moment an", fahre ich fort. Ich muss ja reden, das lenkt ab von diesem kraftraubenden Anstieg im Zeitlupentempo. Die Kurve ist nur noch schätzungsweise hundertfünfzig Meter entfernt. Vereinzelt überholen uns nun Wanderer und weitere Radfahrer, aber ich schenke ihnen kaum Aufmerksamkeit. Ich bin jetzt ganz bei Fredi und der Zeit, in der wir uns kennenlernten. „Dieser Abend in der Kneipe, wir haben erzählt und gescherzt und gelacht und *Tabu* gespielt, und es war so besonders mit Fredi, da war eine Verbindung zwischen uns, die war so stark, dass sie manchmal beinahe physisch fühlbar war."

Die Verbindung war sogar noch da, als ich Fredi vor zwei Monaten kurz in der Mensa getroffen habe. Bloß ist zu viel passiert, als dass wir unbefangen hätten miteinander reden können. Immerhin habe ich es geschafft, mich für ihren Brief zu bedanken. Ich habe das kaum ausgehalten, diesen Zauber zwischen uns zu spüren und gleichzeitig diese verdammte Unsicherheit, den

Schmerz, die Schuldgefühle, die zwischen uns stehen wie ein unüberwindbarer Fels. Als Philipp dann endlich vom Tablettförderband zurückkam, habe ich es gerade noch hinbekommen, so zu fliehen, dass es nicht aussah wie eine Flucht.

„Eigentlich ist diese Verbindung immer noch da. Jeden einzelnen Moment, wenn ich an Fredi denke." Bloß dass die Verbindung irgendwo in der Mitte gekappt ist, zerborsten, die einzelnen losen Fasern hängen da im Nichts, strecken sich suchend nach Fredi aus, wund und verletzt und haltlos.

„Du vermisst sie", stellt Markus fest.

„Ja. Das mit uns, das war etwas ganz Großes."

„Warum hast du dann mit ihr Schluss gemacht?"

„Es ging einfach nicht mehr. Ich war zu kaputt, und um ein Haar wäre sie mit kaputtgegangen." Heute denke ich manchmal, ich hätte es doch irgendwie hinkriegen müssen. Mit ihr. Weil man so etwas wie das, was zwischen uns war, nicht einfach wegwerfen darf. Weil die Liebe nicht einfach aufhört, nur weil man nicht mehr zusammen ist.

„Aber inzwischen geht es dir besser, oder? Ich meine, du kommst besser klar damit, behindert zu sein?"

„Ja."

Ich habe hart an mir gearbeitet. Nicht sofort nach der Trennung. Ich hatte einen furchtbaren Frühling und einen katastrophalen Sommer letztes Jahr. Hab weiterhin versucht, den Schmerz zu betäuben und allen anderen und vor allem mir selbst vorzuspielen, wie perfekt ich mit meinem Leben klarkomme. Ohne Fredi schien es zunächst leichter, weil niemand mehr da war, der bemerken konnte, wie dreckig es mir in Wahrheit ging. Beim Rollstuhlbasketball, mit meinen Kumpels und in der Uni gelang es mir, die Fassade aufrechtzuerhalten. Bloß kann man sich von der Bewunderung der anderen nichts kaufen, wenn man anschließend allein zu Hause hockt und alles über einen hereinbricht. Ich habe mich in meinem Schmerz gesuhlt und mich gleichzeitig unendlich geschämt dafür und wäre beinahe in dem

Strudel aus Selbstmitleid und Selbstverachtung ertrunken.

Am Ende des Sommers war ich schließlich so weit, mir einen Psychologen zu suchen. Es fühlte sich plötzlich nicht mehr wie eine Niederlage an, diesen Schritt zu gehen, sondern wie ein Sieg. Ein Sieg über mich selbst und meine eigene Verbohrtheit. Markus' Psychologe hätte wohl gesagt: Als ich fast ertrunken war, habe ich auf einmal den Tunnel gesehen, in dem ich die ganze Zeit unterwegs war. Vielleicht musste ich erst ganz unten ankommen, um seine Enge zu bemerken.

Dr. Schäfer wurde mir vom Rehazentrum empfohlen. Er war ein Glücksgriff. Ich gehe immer noch hin. Er ist einer, der nie Antworten liefert, sondern stattdessen Fragen stellt, die ans Eingemachte gehen. Der zuhören kann und der auch das Schweigen aushält. An seiner Seite konnte ich mich dem Schmerz stellen und lernen, ihn auszuhalten. Begreifen, dass man das braucht. Dass man da durch muss, *wirklich durch* muss und den Schmerz zulassen muss, damit er seinen Schrecken verliert.

Letzte Woche hat Dr. Schäfer mich gefragt, warum ich das machen will mit der Brocken-Tour. Ich konnte es ihm nicht sagen, weil ich es nicht wusste. Weil es ein Abenteuer ist, hätte ich sagen können. Weil ich wissen will, ob ich das schaffe. Weil es ein Gipfel ist, den man auch mit dem Rollstuhl erklimmen kann. Weil ich oben ankommen und die Aussicht genießen will. Weil ich das Gipfelglück spüren will. Weil es möglich ist. Das alles könnte stimmen. Aber welcher dieser Gründe vor allen anderen der ausschlaggebende war, als Markus und ich beschlossen, dass wir zusammen auf den Brocken gehen, das hätte ich ihm nicht sagen können. *Vielleicht finden Sie es heraus, wenn Sie oben sind*, hat Dr. Schäfer gemeint. Ja, vielleicht werde ich das.

Markus kann auch schweigen. Er lässt mich meinen Gedanken nachhängen und setzt geduldig einen Fuß vor den anderen, dicht hinter meinem Rücken. Es muss anstrengend sein, dermaßen langsam zu gehen. Und wahrscheinlich auch schrecklich langweilig. Vielleicht ist die Frage, warum *er* das hier macht, mindestens genauso interessant.

Gleich haben wir die Kurve erreicht, wir sind schon auf dem nicht mehr ganz so steilen Stück kurz vor der Brücke. Rechts von uns fließt die *Schwarze Schluftwasser.* Meine Arme sind müde, aber mein Puls und meine Atmung gehen ruhig. Die letzten Meter bis zur Kurve rollen sich geradezu entspannt.

„Setzen wir uns da auf den Baumstamm?" Markus geht nun wieder neben mir, da die Straße jetzt so gut wie gar keine Steigung mehr hat.

„Gern", sage ich. Wir beide wissen, dass nur Markus auf dem Baumstamm sitzen wird. Ich könnte auch dort sitzen, aber es wäre ein schwieriger Transfer und bequem wäre es vermutlich auch nicht.

Ich fahre schräg vor den Baumstamm, der kurz vor der Brücke am Straßenrand Wanderern als Bank dienen soll, und Markus setzt sich gegenüber von mir darauf.

„Zweites Etappenziel erreicht." Markus entledigt sich seines Rucksacks und stellt ihn neben sich. „Willst du was essen oder trinken?"

Wir bleiben eine gute Viertelstunde im Schatten der Fichten beim Baumstamm, essen Bananen und trinken Sportschorle, lauschen dem Plätschern des Baches und unterhalten uns darüber, dass wir, wenn wir unter anderen Umständen hier wären, sicher für eine Weile darin herumklettern und unsere Füße kühlen würden, so wie die Kinder es gerade machen, die kurz nach uns mit ihren Eltern vom Eckerlochstieg an die Brücke kamen und hier ebenfalls eine Rast einlegen. Markus macht ein paar Fotos von der Brücke, dem Bach und von mir, und zum Schluss baut er das Stativ auf und ich wage doch den Transfer auf den Baumstamm. Ich bleibe nur für die zwei, drei Minuten dort sitzen, die Markus braucht, um den Ausschnitt zu wählen, auf den Selbstauslöser zu drücken, zu mir zu hasten und mit mir in die Kamera zu grinsen.

„Willst du noch runter zum Bach?", frage ich Markus, während er sein Stativ von seinem Fotoapparat trennt und die Teleskopbeine zusammenschiebt. Ich habe nämlich bemerkt, wie sehnsüchtig er zu den Kindern hinuntergeschaut hat, und ich weiß, wie sehr er es liebt, barfuß in Gebirgsbächen herumzuwaten.

„Wenn das für dich okay ist …?"

„Klar ist es das. Den Rucksack kannst du so lange bei mir lassen."

Markus verstaut die Kamera und das Stativ in seinem Rucksack und richtet sich wieder auf. „Ja, dann …" Unschlüssig steht er neben mir, den Rucksack noch immer in der Hand.

„Du hast zehn Minuten und darfst selbst entscheiden, wie viele du davon hier noch rumstehen möchtest", sage ich grinsend.

„Wenn das so ist – dann keine!" Auch Markus grinst.

Er stellt seinen Rucksack neben mir ab und läuft los.

Während Markus zur *Schwarzen Schluftwasser* hinabsteigt, lege ich mir seinen Rucksack auf den Schoß und fahre vor zur Brücke. Hier ist die Straße vollkommen eben, sodass es für mich keine besondere Anstrengung bedeutet, die fünfzehn oder zwanzig Meter mit dem Rucksack auf den Oberschenkeln zu überwinden. Es fühlt sich gut an, Markus das Gepäck wenigstens für dieses kurze Stück abzunehmen und ihm den kleinen Gefallen zu tun, dass er seine Füße im Bach kühlen kann. Wie früher – nur dass ich diesmal nicht dabei sein kann.

Von der Brücke aus kann ich die Kinder sehen, die auf den Felsen im Wasser herumklettern – und Markus, der seine Schuhe und Socken ausgezogen hat und ebenfalls durch den Bach watet.

Ich nehme die Kamera aus dem Rucksack und schieße ein paar Fotos von Markus. Als er es merkt, posiert er lachend für einige weitere Bilder, bevor er sich wieder auf den Rückweg macht und wir schließlich unseren Weg gemeinsam wieder fortsetzen.

Einen knappen Kilometer lang fliegen wir geradezu dahin. Die Straße hat hier gar keine Steigung, einmal geht es sogar ganz kurz leicht bergab. Perfekt, um nach der Pause wieder in Gang zu kommen – und perfekt, um sich ganz entspannt zu unterhalten, denn Markus kann hier neben mir gehen und wir können uns ansehen und einander vielsagende Blicke zuwerfen. Wir lachen und scherzen, ziehen uns gegenseitig auf, und eine Weile bleiben wir in dieser ausgelassenen Stimmung, auch als die Straße wieder steiler wird und Markus vorsichtshalber wieder hinter mir geht. Kurz vor unserem nächsten Etappenziel, der Stempelstelle *Gelber Brink*, wird es noch einmal fies, aber die Steigung ist nicht ganz so stark wie vor der Brücke und auch deutlich kürzer. Ich merke die Anstrengung in meinen Armen und Schultern, ja sogar im Rücken, aber diesmal fällt es mir leicht zu ertragen, nur im Schneckentempo voranzukommen. Nichtsdestotrotz schwitze ich enorm, zumal dieses Wegstück in der Sonne liegt, denn es verläuft in süd-nördlicher Richtung und es ist mittlerweile Mittagszeit.

Auf Wanderer treffen wir selten, da die meisten von ihnen den Eckerlochstieg gehen, aber Radfahrer überholen uns jetzt regelmäßig. Hin und wieder kommen uns auch welche entgegen, sie sind wohl schon wieder auf dem Rückweg oder sie kommen von woanders her und fahren über die Brockenstraße und vielleicht den Brocken nach Schierke. Einige von ihnen gucken anerkennend, manche rufen „Respekt!" oder „Noch fünf Kilometer!", viele gucken mitleidig und die meisten gucken gar nicht. Oder nur verstohlen, wenn sie glauben, ich merke es nicht.

„Wie hältst du das immer aus?", fragt Markus, nachdem zwei Frauen uns besonders lange angeschaut haben, unverhohlen voller Mitleid, und das auch noch an einer besonders steilen Stelle, kurz vor der Stempelstelle *Gelber Brink*.

„Gar nicht", keuche ich. Ich weiß nicht, ob man sich jemals daran gewöhnt. Ob es einem irgendwann nichts mehr ausmacht. Ich kann mir tausendmal denken, dass es das Problem der Leute ist, wenn sie Berührungsängste haben oder vor übertriebenem Mitgefühl fast vergehen, es fühlt sich trotzdem beschissen an.

An der Stempelstelle *Gelber Brink* steht ein hölzerner Picknicktisch, an dem gerade vier Mountainbiker eine Rast einlegen. Sie rücken extra zusammen, damit auch Markus noch auf der Bank Platz nehmen kann. Ich rolle vor die Stirnseite der Bank, und während Markus und ich unsere belegten Brötchen essen und dazu Sportschorle trinken, kommen wir mit den Radfahrern ins Gespräch. Ein bisschen nervt es schon, wie sehr sie mich und mein Vorhaben bewundern, und etwas distanzlos sind sie auch. Aber zu meinem eigenen Erstaunen nehme ich es ihnen gar nicht weiter übel, und ich genieße es, wenn alle lachen, weil ich die eine oder andere Frage oder Bemerkung schlagfertig pariere.

Nachdem die vier sich verabschiedet haben, hilft Markus mir ein Stück weit in den Wald hinein, wo wir eine Pinkelpause einlegen, dann brechen wir auf.

Wieder loszugehen und zu wissen, dass wir noch die Hälfte an Höhenmetern vor uns haben, erschlägt mich gerade. Direkt hinter dem *Gelben Brink* geht die Brockenstraße für fünfhundert Meter ziemlich steil bergauf, nicht ganz so stark wie vor der Brücke über die *Schluftwasser* und schon gar nicht so schlimm wie die zwei Steigungen, die kurz vor dem Gipfel auf uns warten. Aber jetzt, nach der Pause, fühlt sich dieser Abschnitt beinahe unüberwindbar an.

Markus geht wieder hinter mir, und ich treibe meinen Rolli an, kraftvoll, aber möglichst ruhig. Ich muss irgendwas reden mit Markus, um mich abzulenken – nur, worüber? Krampfhaft versuche ich, mir unser Gespräch von vorhin ins Gedächtnis zu rufen.

„Wie lange wart ihr eigentlich zusammen, du und Fredi?", fragt Markus unvermittelt. Ob er auch gerade überlegt hat, was unser letztes Gesprächsthema war?

„Sechs Monate. Davon waren drei wunderschön und drei Monate lang steuerten wir unaufhaltsam auf das Ende zu. Wir wollten es bloß beide nicht wahrhaben. Wir haben hart gekämpft, füreinander und umeinander, aber es hat nicht gereicht. Um es mit den Worten des Psychologen zu sagen, von dem du erzählt hast: Es *konnte* nicht funktionieren, weil ich in diesem Tunnel war."

„Aber jetzt bist du nicht mehr da drin."

„Nein." Und es fühlt sich verdammt gut an hier draußen. So gut, dass ich mir ziemlich sicher bin, dass es diesmal funktionieren würde mit Fredi und mir. Auf Dauer. Vielleicht für immer. „Ich glaube, jetzt wäre ich ernsthaft bereit für eine Beziehung."

„Mit Fredi?"

„Mit Fredi."

„Ruf sie doch morgen an."

„So einfach ist das nicht. Da steht ziemlich viel zwischen uns. Ich habe sie belogen und verletzt. Und dann habe ich sie im Regen stehen lassen. Ich weiß nicht, ob sie mir das jemals verzeihen kann. Ob sie mir vertrauen kann, dass es nicht wieder so endet wie beim ersten Mal."

„Sascha, sie war ein halbes Jahr lang freiwillig mit dir im Tunnel. Sie wäre nie so lange geblieben, wenn das mit euch nicht auch für sie etwas Großes gewesen wäre. Vermutlich vermisst sie dich genauso wie du sie. Sie wird dir bestimmt verzeihen, vielleicht hat sie es schon längst. Ich habe dir auch verziehen, und ich musste mir nicht einmal Mühe geben dafür."

„Warum nicht?", frage ich, obwohl ich ahne, was er antworten wird. Vielleicht will ich es einfach nur nochmal hören, weil irgendwo in meinem Hinterkopf immer noch dieser irrige Gedanke herumspukt, es könnte daran liegen, dass er mich nicht für voll nimmt.

Wir haben inzwischen das steile Stück hinter uns gelassen. Es geht weiter stetig bergauf, aber nur leicht, und das wird für etwa zwei Kilometer so bleiben. Ich kann nicht leugnen, dass meine Arme und meine Rückenmuskulatur mittlerweile echt strapaziert sind und ich mich insgesamt ziemlich erschöpft fühle. Und da auch vier bis fünf Prozent Steigung anstrengend sind, wird das Gefühl nicht besser. Aber ich komme hier relativ zügig voran, und Markus geht wieder neben mir, sodass ich ihn ansehen kann, während er antwortet.

Ernst schaut er mich an. „Weil wir Freunde sind, Sascha. Ich bin damals gegangen, weil ich kapiert habe, dass du alleine durch deinen Tunnel gehen musst. Aber ich habe keine Sekunde lang vorgehabt, den Kontakt für immer abzubrechen."

Ich muss schlucken.

Es hilft nicht.

Markus sieht mich noch immer an, ihm werden die Tränen, die sich in meinen Augen sammeln, wohl kaum entgehen.

„Sorry, Markus. Seit dem Unfall hab ich nicht nur ein Problem mit meinen Beinen, sondern auch mit meinen Augen", versuche ich einen Scherz.

„Nicht so schlimm. Ich hab noch einige Sportschorleflaschen im Rucksack, falls du dir Sorgen um deinen Flüssigkeitshaushalt machst."

Er grinst und ich grinse zurück. Ein paar Sekunden lang halten wir beide den Blick, und auf einmal spüre ich all das Vertrauen und die Nähe, die Markus und mich schon immer miteinander verbunden haben.

„Ich bin froh, dass du mir im Januar geschrieben hast und dass wir uns jetzt wieder regelmäßig treffen."

„Und ich bin froh, dass du mir geantwortet hast. Du kannst dir gar nicht vorstellen, wie viele Monate lang ich immer mal wieder am PC gesessen und überlegt habe, ob ich dir schreibe und wie. Ich hatte immer Angst, es könnte zu früh sein."

„Du hast so ziemlich den besten Zeitpunkt getroffen. Ich hatte gerade angefangen, öfter an dich zu denken und mir einzugestehen, dass ich dich vermisse."

„Hättest du irgendwann ..." Markus spricht nicht weiter. Er sieht aus, als hätte er Angst, seine Frage zu beenden, vielleicht, weil er sich vor der Antwort fürchtet.

Ich ahne, was ihm auf der Seele brennt. „Ob ich irgendwann von mir aus Kontakt zu dir aufgenommen hätte?"

Er nickt, und die Art wie er mich dabei anschaut, verrät mir, dass er wirklich Angst hat, ich könnte nein sagen.

„Ja, ich denke schon", antworte ich. „Aber ich hätte mit Sicherheit länger dafür gebraucht. Die Treffen mit dir ... ich weiß nicht, ob du weißt, *wie* sehr du mir geholfen hast, außerhalb des Tunnels zurechtzukommen."

Er lächelt, und wenn ich mich nicht irre, blinzelt auch er gerade ein paar Tränen weg. „Ist wohl ansteckend, diese Funktionsstörung in den Augen", sagt er, und seine Stimme klingt belegt.

„Ich gebe dir gerne was von meiner Schorle ab, bevor du dehydrierst. Bedien' dich einfach."

„Sehr großzügig, vielen Dank." Er boxt mir spaßhaft an die Schulter.

Früher hätte ich ihn zurückgeboxt, und dann wäre er vermutlich lachend weggelaufen und ich wäre ihm hinterhergerannt. Wir hätten noch ein paar spitze Bemerkungen ausgetauscht und uns gebalgt. Jetzt entgegne ich nur: „Ach, das ist heute eine meiner leichtesten Übungen. Im wahrsten Sinne des Wortes übrigens. Schließlich trägst du die Flaschen und nicht ich."

„Vielleicht sollte ich mich umbenennen in Markus Tenzing, seines Zeichens der erste Sherpa auf dem Brocken", sagt Markus übertrieben feierlich. „Wusstest du, dass der Sherpa Tenzing Norgay, der Edmund Hillary auf den Mount Everest begleitet hat, und Hillary ihr Leben lang befreundet blieben?"

„Ja. Ich habe damals in der Buchhandlung eine ganze Weile in dem Buch gelesen, bevor ich es für gut genug befunden habe, um es dir zum Geburtstag zu schenken."

„Das ist wirklich ein tolles Buch. Du hattest schon immer ein gutes Händchen beim Aussuchen von Geschenken, finde ich."

„Quatsch, ich kenne dich einfach gut."

„Nee, ich meine das völlig ernst. Du hast da echt 'ne Begabung."

„Wenn du das sagst ... Dann danke für das Kompliment, Sherpa Markus Tenzing."

„Gern geschehen, Sir Sascha Hillary."

Wir reden, lachen und scherzen noch eine ganze Weile miteinander, und es fühlt sich einfach wundervoll an, hier neben Markus auf der Brockenstraße unterwegs zu sein. Die Lebendigkeit unserer Freundschaft beflügelt mich, sodass ich trotz müder Arme und zunehmend schmerzender Finger dieses flachere Teilstück unserer Strecke einigermaßen zügig zurücklege und die Anstrengung kaum bemerke.

Bald schon kommt der Bahnübergang der Brockenbahn in Sicht, und kurz nachdem wir die Schienen überquert haben, wechselt Markus wieder auf die Position dicht hinter meinem Rücken. Jetzt kommt der Schlussanstieg. Nur noch etwas mehr als ein Kilometer, aber dafür gut hundert Höhenmeter mit zwei Teilstücken von über zehn Prozent liegen vor uns. Unsere Recherchequellen waren da nicht ganz eindeutig. Eine wies zwölf Prozent aus, eine andere vierzehn, und auf einer Internetseite waren sogar sechzehn Prozent angegeben. Noch sind wir vermutlich bei unter zehn Prozent, aber ich weiß, hinter der scharfen Rechtskurve geht es richtig steil weiter.

„Willst du vorher nochmal was trinken?", fragt Markus.

„Gute Idee. Sportschorle, bitte." Ich habe nicht nur Durst, sondern mein Mund ist auf einmal unangenehm trocken. Ich glaube, ich bin nervös. Wir sind jetzt schon lange unterwegs und ich fühle mich alles andere als frisch. Dabei liegt die schlimmste Steigung noch vor uns.

Markus hält meinen Rollstuhl mit seinen Oberschenkeln, während er die nächste Sportschorleflasche aus seinem Rucksack holt. Ich leere die Flasche zur Hälfte und stecke sie mir dann in die Halterung vorne am Rollstuhl. Vielleicht hilft das, den Schwerpunkt weiter vorn zu halten, wenn es gleich ganz steil wird.

Dann setze ich meinen Rolli wieder in Bewegung.

Warum muss jedes Anhalten mit noch müderen Armen bestraft werden? Warum habe ich das Gefühl, dass auch die Kraft in meinen Fingern nachlässt? Noch einen Kilometer. Ich werde das schaffen. Ich will das schaffen, unbedingt. So kurz vor dem Ziel werde ich ganz bestimmt nicht schlappmachen.

Gut, dass die Straße ziemlich frisch neu geteert wurde, denn jede Unebenheit, jeder Riss im Asphalt würde eine zusätzliche Anstrengung bedeuten. So ist die Reibung wenigstens auf ein Minimum reduziert. Dennoch, jeder Schub an den Greifreifen kostet Kraft. Ich muss extrem schnell umfassen, denn sobald ich die Greifreifen loslasse, kommt mein Rolli fast sofort zum Stehen und würde anschließend augenblicklich wieder zurückrollen.

Ich konzentriere mich jetzt vollkommen auf meine Atmung und meine Antriebsschübe. Und auf die Straße. Dieses letzte Stück werde ich nicht reden können. Ich werde all meine Kraft und allen Sauerstoff brauchen. Trotzdem werde ich versuchen, im aeroben Bereich zu bleiben. Ich muss nur meinen Rhythmus finden und wieder in diesen tranceartigen Zustand kommen. Meine Hände sind schweißnass, aber meine Handschuhe haben ordentlichen Grip.

Wir passieren die scharfe Rechtskurve kurz hinter dem Bahnübergang. O Gott, jetzt wird es noch steiler. Ich fürchte, das Radtourenbüchlein, das die zwölf Prozent angegeben hat, hat unrecht. Die Steigung vor uns sieht heftig aus. Für einen Fußgänger ist sie lachhaft, kaum erwähnenswert, aber für mich ... Ich bin mir nicht sicher, ob sie schaffbar ist.

Markus geht jetzt so dicht hinter mir, dass er manchmal meine Rückenlehne berührt. Ich könnte ihn bitten, mich zu schieben. Er würde es tun. Aber das will ich nicht.

Ich hefte meinen Blick an die Radfahrer, die uns überholen, als könnten sie mich auf diese Weise ein Stück ziehen, als könnten sie mir ein wenig von ihrer Geschwindigkeit abgeben.

Doch irgendwann reißt die lose Folge von Leuten ab, die uns

überholen. Jetzt gibt es nichts mehr, das mich von meinem eigenen Atem, meinen Schüben an den Greifreifen und dem schnellen Umgreifen ablenkt. Und von den Schweißtropfen, die in meinen Wimpern hängen und in meine Augen rinnen. Ich weiß nicht, was mehr brennt, meine Augen oder meine Arme. Oder meine Lunge, die begierig nach mehr Sauerstoff verlangt, als ich einatmen kann. Dabei wollte ich doch diesmal keine Sauerstoffschuld eingehen. Aber wenn ich noch langsamer mache, rolle ich rückwärts anstatt vorwärts.

Der Takt meiner Antriebsschübe verlangsamt sich. Immer größer wird die Pause zwischen den Schüben und dem Umgreifen – und immer schwerer fällt es mir, rechtzeitig wieder mit meinen Händen oben an den Greifreifen zu sein, bevor der Rollstuhl zurückrollen würde.

Ich komme kaum noch voran.

Es ist so steil.

Ich bin zu langsam.

Viel zu langsam.

Das hier ist keine Zeitlupe mehr, das ist ... beinahe Stillstand. So komme ich niemals rechtzeitig oben an. Wir wollen doch oben noch einkehren. Und den Blick genießen. Und wir müssen auch wieder runter. Ich weiß nicht, wie spät es ist. Ich weiß nicht, wie lange wir noch brauchen. Ich weiß nur, ich will das schaffen.

Da vorne, an der Linkskurve, da ist es kurz mal ein bisschen flacher. Von dort sind es noch siebenhundert Meter. Und *bis* dahin ... vielleicht noch hundert Meter? Hundertzwanzig?

Ich richte meinen Blick auf den Asphalt direkt vor meinen Füßen. Jeder Schub bringt mich vielleicht zwanzig Zentimeter voran. Bei hundertzwanzig Metern sind das 600 Schübe.

Ich beginne innerlich zu zählen.

Eins. Schieben. Ausatmen.

Einatmen. Umgreifen.

Zwei. Schieben. Ausatmen.

Einatmen. Umgreifen.

Drei ... Vier ... Fünf ...

...

Dreiundfünfzig ... Vierundfünfzig ...

Fünf...und...fünfzig

Sechs...und...

...fünf...zig

...

Ich kann nicht mehr. Meine Arme, meine Hände, die ganze Kraft ... Sie lässt nach. Ich muss so fest zufassen an den Greifreifen, ich muss so schnell umgreifen, und da ist irgendwas, das saugt mit jedem Schub mehr Kraft aus mir heraus.

Noch weniger als hundert Höhenmeter, ich muss das doch schaffen! Ich *will* das schaffen.

Wo war ich jetzt? Bei sechsundfünfzig? Und wie viele Schübe habe ich danach gemacht? Zehn? Fünfzehn? Noch über fünfhundert Antriebsschübe bis zur Kurve?

Ich schiebe an, fasse um. Schiebe an und fasse um. Ich atme. Aber meine Lungen schreien nach mehr Sauerstoff und meine Muskeln nach einer Pause.

„Hey." Markus' Stimme kommt leise und ruhig von hinten. „Du weißt, wenn du Hilfe willst, musst du es nur sagen."

Schieben. Umfassen. Atmen. Zwischendurch ein kleines Nicken. Ich will keine Hilfe. Ich will das hinkriegen. Wenn ich schon nicht mehr bergsteigen kann, dann will ich wenigstens diesen Gipfel bezwingen.

„Soll das heißen, du weißt es, oder du willst Hilfe?"

„Ich weiß es. Und ich will keine", bringe ich hervor.

Schieben. Umfassen. Atmen.

Gleich kriege ich einen Krampf in den Fingern.

Bald habe ich die Hälfte dieser ersten Steigung geschafft. Ich will das schaffen. Ich will es. Ich will!

„Okay", sagt Markus. „Wenn doch, ich bin da."

Ja, er ist da. Er war immer da. Er für mich und ich für ihn. Seit dem Kindergarten. Ich hatte immer viele Freunde, aber die Freundschaft zu ihm war von Anfang an eine besondere. Sie hat sogar die zweieinhalb Jahre überdauert, die ich ihn nicht sehen wollte. Als wir uns das erste Mal danach wieder getroffen haben, war irgendwie sofort klar, dass er mir keine Vorwürfe macht, auch wenn wir erst heute so richtig über diese Zeit gesprochen haben. Ein paarmal haben wir inzwischen wieder etwas zusammen unternommen. Im März habe ich ihn in Mainz besucht. Der Weg rauf auf die Südbrücke war meine erste größere Steigung. Von dort aus sieht man bis zum Taunus. Dort oben habe ich Markus von der Unterhaltung mit Fredi über die Brockenstraße erzählt. *Könntest du das schaffen?*, hat er gefragt, ähnlich wie Fredi ein Jahr zuvor. *Wenn ich trainiere, vielleicht*, habe ich geantwortet. Abends in seiner Wohnung haben wir angefangen zu recherchieren. *Es könnte möglich sein*, befand ich. *Willst du es?*, fragte Markus. Ich habe mit den Schultern gezuckt. Aber die Idee hat uns das gesamte Wochenende nicht mehr losgelassen. *Wenn du es versuchen willst, bin ich dabei.* Markus hat mich angeguckt und da lag auf einmal Abenteuer in der Luft, fast wie früher.

Vor meinem Unfall waren wir zusammen auf Ben Nevis in Schottland, auf der Staurinibba in Norwegen und auf einigen Bergen in den Alpen. Wir sind über Felsen gekraxelt, haben Schneefelder und Geröllhalden überquert, einsame Landschaften durchwandert und weite Ausblicke genossen. „Gipfelstürmer" haben sie uns im Freundeskreis genannt. Jetzt befinden wir uns auf einer eintönigen Asphaltstraße auf knapp über tausend Metern Höhe, und doch wird diese Tour die schwierigste sein und der Ausblick am Ende der wertvollste, den ich mir je erarbeitet habe.

Deswegen will ich da oben ankommen. Deswegen gebe ich nicht auf. Deswegen ignoriere ich die bleierne Müdigkeit meiner Arme, die Schmerzen in meinem Rücken und die Krämpfe in meinen Fingern. Bestimmt zwei Drittel dieser ersten Schlusssteigung sind geschafft. Schieben, Umfassen, Atmen. Ich spüre Markus hinter mir. Schieben, Umfassen, Atmen. Schieben, Umfassen ...

Scheiße, meine Finger.

Sie tun so weh. Und gleichzeitig sind sie irgendwie taub.

Ich bringe nicht mehr die nötige Kraft auf. Ich schaffe es nicht, richtig zuzufassen. Meine Hände rutschen an den Greifreifen, anstatt den Rädern weiter Vortrieb zu geben. Mein Rolli hält an und rollt anschließend rückwärts.

Allerdings nur wenige Zentimeter.

Markus ist hinter mir und hält mich.

Seine Oberschenkel berühren die Rückenlehne meines Rollis. Ich lasse die Greifreifen los, richte mich auf und lehne meinen Rücken an Markus. Lasse es zu, dass er mir seine Hände auf die Schultern legt und mich einfach hält.

Meine Arme und Hände zittern, während ich mir die Handschuhe ausziehe. Ich massiere mir die Hände und die Finger, dehne die verkrampften Muskeln auf, versuche auch, meine Arme und Schultern etwas zu lockern.

„Das ist echt unmenschlich, was du dir hier vorgenommen hast", sagt Markus.

Ich schweige. Zum einen, weil ich noch immer schwer atme, zum anderen, weil es dem nichts hinzuzufügen gibt. Er hat recht. Ich hoffe nur, dass es nicht auch un*mög*lich ist.

Ich trinke noch ein paar Schlucke Sportschorle, dann ziehe ich mir die Handschuhe wieder an und greife in die Reifen. Schieben, Umfassen, Atmen. Ein paar Meter geht es gut. Ein paar weitere Meter geht es leidlich. Markus berührt fast die gesamte Zeit meine Rückenlehne. Hält mit seinen Beinen meinen Rollstuhl, während ich umgreife. Ist da, während ich mich abmühe, und spart sich jeden Kommentar.

Immer mehr muss ich seine Unterstützung in Anspruch nehmen. Immer länger werden die Pausen zwischen Schieben und Umgreifen. Immer kürzer wird die Strecke, die ich mit einem

Schub bewältige. Und mit jedem Schub wird es schwieriger, fest genug zuzufassen.

Aber da vor mir ist die Kurve. Da vorne wird es flacher. Noch schätzungsweise vier oder fünf Höhenmeter bis dahin.

Ich kriege nichts mehr mit. Bin absolut fokussiert. Schieben, kurze Pause, umgreifen. Wieder ein paar Zentimeter geschafft. Schieben, Pause, umgreifen. Schieben, Pause. Finger lockern. Markus hält meinen Rolli. Umgreifen. Da ist die Kurve. Gleich bin ich da ...

Ich schaffe es tatsächlich bis zur Kurve. Ich weiß nicht, wie lange ich dafür gebraucht habe. Ich habe jegliches Zeitgefühl verloren. Viel flacher ist die Steigung danach auch nicht. Sie verlangt mir alles ab, und da vorne kommt schon das nächste steile Stück in Sicht. Das letzte vor dem Gipfelplateau. Ich mobilisiere noch einmal alle Kräfte. Schaffe es irgendwie bis dorthin, sogar ein paar Meter von der Schlusssteigung. Schieben. Pause. Finger lockern. Umgreifen. Schieben ...

Egal, wie sehr ich meine Finger lockere, egal, wie lange meine kurzen Ausruhphasen mit Markus in meinem Rücken dauern, da ist keine Kraft mehr in meinen Fingern. Und auch nicht mehr in meinen Armen.

Meine Bewegungen werden fahrig.

Ich rutsche ab.

Ich fasse zu.

Ich rutsche ab.

Ich fange an Geräusche von mir zu geben.

Ich fluche.

Ich schreie.

Da sind irgendwo Leute.

Überall sind Leute.

Sie sind mir egal.

Ich will das hier schaffen.

Ich will oben ankommen.

Ich ...

Ich schaffe es ...

Ich schaffe es ...

nicht.

Ich schaffe es nicht.

Scheiße!

Ich schaffe es nicht!

Ich halte an.

Höre einfach auf.

Richte mich auf und lehne mich gegen Markus.

Da ist Schweiß in meinen Augen. Und da sind Tränen. Da sind scheißverdammte Tränen und meine Hände zittern und meine Finger brennen und ich weiß nicht einmal mehr, woher ich noch die Energie nehmen soll, um genug Luft in meine Lungen zu bekommen. Ich habe mehr als 450 Höhenmeter überwunden und jetzt mache ich auf den letzten vierzig Höhenmetern schlapp.

„Das darf doch nicht wahr sein." Ich möchte es brüllen, aber es ist nur ein unruhig hervorgestoßenes, beinahe stimmloses Keuchen. „Das darf einfach nicht wahr sein!"

„Wir machen eine Pause", sagt Markus. „Eine Viertelstunde. Du ruhst dich aus. Trinkst was, isst was. Machst mal für ein paar Minuten die Augen zu."

„Hier, mitten auf der Straße?"

„Hier mitten auf der Straße. Du kannst dich an mich lehnen. Dich einfach für ein paar Minuten fallen lassen. Und dann sehen wir weiter."

„Okay." Es klingt verlockend. Und vernünftig. Ich entspanne mich jetzt schon.

„Banane?", fragt Markus.

Ich esse die Banane und trinke die Flasche aus der Halterung am Rolli leer. Zwischendurch massiere ich mir die Hände und lockere meinen Schultergürtel. Und dann lasse ich mich einfach fallen. Schließe die Augen und lehne mich zurück. Mein Atem wird ruhiger und mein Herz schlägt langsamer und die Tränen trocknen.

Ich denke nichts.

Spüre nur meinen Atem und meinen Herzschlag und Markus in meinem Rücken. Fühle, wie sich alles lockert. Wie ich ruhig werde. Wie Markus da steht.

Eine Viertelstunde lang steht er einfach hinter mir.

Es tut so gut, dass er da ist.

Dass er mich hält.

Dass er das mit mir durchsteht.

„Danke, dass du da bist", sage ich irgendwann.

„Für dich immer." Er sagt es lapidar, als wäre das etwas vollkommen Selbstverständliches. Nicht weiter erwähnenswert. Wahrscheinlich meint er es auch so. Ich muss ein paar Tränen wegblinzeln. Genaugenommen ist mir auf einmal so richtig heftig nach Heulen zumute.

„Bereit für die letzte Etappe?" Markus' Frage kommt genau zum richtigen Zeitpunkt.

„Ja. Jedenfalls soweit ich in meinem Zustand überhaupt bereit sein kann."

„Ich schiebe dich, wenn du das willst. Es ist keine Schande, wenn es nötig ist. Das weißt du, oder?"

„Ich weiß. Es würde sich trotzdem wie eine anfühlen."

Markus schweigt.

Ich schweige auch.

Die Sonne wärmt, obwohl wir schon auf über tausend Metern Höhe sind. Um uns herum stehen nur noch vereinzelt kleine Fichten. Hier ist die Baumgrenze. Hin und wieder zwitschern Vögel, es weht ein leichter, kühlender Wind. Nur noch selten kommen Leute vorbei, Wanderer und Radfahrer. Für sie ist es eine Sache von wenigen Minuten, bis sie das Gipfelplateau erreicht haben.

„Los?", fragt Markus irgendwann.

„Los."

Die Pause hat geholfen. Die ersten Meter lassen sich ganz gut an. Ich kann wieder zufassen, und auch wenn die Muskulatur meines gesamten Oberkörpers inklusive Armen und Fingern schmerzt, ist da doch wieder ein wenig Kraft in mir. Doch schon bald wird mein Umgreifen wieder langsamer, muss Markus währenddessen meinen Rolli halten.

Mittlerweile kommen uns fast nur noch Leute entgegen, nur sehr vereinzelt überholen uns Radfahrer. Es ist bestimmt schon mitten am Nachmittag, dem Sonnenstand nach zu urteilen.

Die Steigung der Straße nimmt während des Schlussanstiegs immer weiter zu. Ich nehme nur noch die paar Meter Straße vor mir wahr, schiebe, greife um, atme. Ächze und stöhne.

Aber dann bekomme ich wieder Krämpfe in den Fingern. Ich fange an abzurutschen. Und zu fluchen. Ich wage einen Blick hoch. Ich habe nur noch wenige Höhenmeter vor mir, bevor die Straße auf dem Gipfelplateau wieder flacher wird.

Ich bin so kurz vorm Ziel.

Ich dehne die verkrampfte Muskulatur meiner Finger auf, nach jedem Schub.

Trotzdem komme ich nur noch zentimeterweise voran. Es mögen nur noch wenige Meter mit dieser starken Steigung sein, vielleicht dreißig, vielleicht vierzig. An Höhenmetern sicher locker unter zehn. Aber in diesem Tempo werde ich nie da oben ankommen.

Nie.

Jedenfalls nicht heute.

Nicht zu einer Zeit, zu der wir noch einkehren können.

Nicht rechtzeitig, um vom Berg auch wieder runterzukommen.

Und ich will da hoch.

Ich will die Aussicht genießen.

Ich will mit Markus was essen im Touristensaal.

Ich muss da auch aufs Klo.

Die Zeit rennt mir davon. Es muss inzwischen bald vier Uhr sein.

„Wie spät ist es?" Ich habe kaum noch Luft, obwohl ich es frage, während ich eine kurze Pause mache und meine Hände und Arme lockere.

„Kurz nach vier", antwortet Markus.

Kurz nach vier.

Für die verbleibende Strecke brauche ich bestimmt deutlich mehr als eine Stunde. Eine halbe für die letzten Meter des Schlussanstiegs. Plus Pausen, damit ich überhaupt zufassen kann. Und dann noch die letzten fünfhundert Meter und dreißig Höhenmeter bis zum Gipfel. Die sind ja auch kein Pappenstiel. Vor halb sechs bin ich niemals oben.

Und plötzlich beschließe ich es.

Einfach so.

Von einer Sekunde auf die andere.

„Schieb mich bitte. Nur dieses steile Stück."

Erstaunlicherweise fühlt es sich nicht an wie ein Aufgeben. Es ist mehr das Ergebnis meiner Berechnungen, das mich diesen Entschluss hat fassen lassen.

„Wird gemacht", sagt Markus. Er fasst meinen Rollstuhl am Querbügel hinter der Rückenlehne und schiebt los.

Es ist auch für ihn ein Kraftakt. Ich helfe mit, so gut es geht mit meinen müden Händen und Armen. Zusammen kommen wir deutlich zügiger voran.

Es fühlt sich gut an, der Kuppe, an der dieses steile Stück in das weniger stark ansteigende Gipfelplateau übergeht, mit jedem Schub deutlich näher zu kommen. Vor allem aber haut es mich gerade vollkommen um, dass ich Markus einfach um Hilfe gebeten habe und dass sich das noch nicht einmal schlimm anfühlt. Im Gegenteil: Da tanzt eine leise Freude in mir. Je näher wir der Kuppe kommen, desto lauter und mächtiger wird sie, so sehr, dass es mir schwerfällt, sie im Zaum zu halten.

Und dann sehen wir auf einmal die Gipfelgebäude: das Bro-ckenhotel mit der markanten kugelförmigen Radaranlage auf dem Dach, den rot-weißen Sendemast und im Vordergrund das langgestreckte Gebäude vom Brockenbahnhof. Wahnsinn! Jetzt noch 30 Höhenmeter, dann sind wir auf dem Gipfel! Ich werde tatsächlich oben ankommen! Das Glück rauscht in gewaltigen Wellen durch meinen Körper, erfasst mich vollkommen und setzt Kräfte frei, von denen ich nicht wusste, dass sie noch in mir schlummern.

„Soll ich loslassen?", fragt Markus. Wir haben die Kuppe in-zwischen passiert, und auch, wenn die Brockenstraße hier weiter ansteigt, ist die Steigung merklich flacher als eben noch.

„Ja, bitte", antworte ich, und während ich es ausspreche, sucht sich das Glück einen Weg nach draußen und strömt in Form von Tränen aus meinen Augenwinkeln.

Die halbe Stunde, die ich für die letzten 500 Meter brauche, vergeht wie im Fluge. Nur einmal noch, bei der Kurve kurz vor dem Bahnhof, muss ich hart kämpfen, aber ich beiße mich durch. Aus eigener Kraft auf das Brockenplateau zuzurollen, bei an-schließend nur noch leichter Steigung, fühlt sich großartig an. Ich heule immer noch, ich weiß gar nicht, wohin mit meinen Gefühlen, mit der Freude, mit dem Glück, mit dem Stolz. Die Sonne kommt jetzt ziemlich genau von vorn, sodass sich die Sil-houetten der Brockengebäude dunkel gegen den Himmel abhe-ben. Nur noch wenige Leute außer uns sind noch hier oben.

Das Brockenplateau selbst ist geschottert. Dafür ist die Stei-gung zu vernachlässigen. Das kurze Stück bis zu dem Rondell, auf dem sich der Gipfelstein befindet, rolle ich im Wesentlichen nur auf den Hinterrädern, weil die kleinen Räder im Schotter meis-tens blockieren. Markus geht neben mir, und ich lasse meinen Blick schweifen, nehme alles in mich auf. Die warme Spätnach-mittagssonne, die wenigen anderen Menschen, das Brockenhotel, den Fernmeldeturm. Die niedrigen Holzzäune, die die Leute davon abhalten sollen, die Wege zu verlassen. Den blauen Himmel über uns. Und, je näher wir dem Gipfel kommen, die Aussicht. Nach und nach tauchen sie hinter der Brockenkuppe auf: Der Wurmberg und die anderen Berge, deren Namen ich nicht kenne.

Vor dreieinhalb Jahren haben Markus, Lilly, Corinna und ich uns im Nebel durch Sturm und herumfliegende Eiskristalle, die der scharfe Wind beständig aus dem Schnee löste, über das vereiste Brockenplateau gekämpft. Es war ein überwältigendes Erlebnis.

Aber es war nichts gegen *das hier*.

Absolut nichts.

Während ich die letzten Meter überwinde und anschließend das Rondell durchquere bis zur gegenüberliegenden Seite, von wo aus man nach Süden in Richtung Wurmberg sehen kann, kennen meine Tränen kein Halten mehr. Sie sind das materialisierte Glück, das so riesig ist, dass es nicht in mich hineinpasst. Ich muss es herauslassen, um nicht zu platzen, ich will es hinausschreien in die kühle Gipfelluft, und als ich angekommen bin am Rand, da schreie ich wirklich: „Ich bin daaaaaaaa! Ich bin wirklich daaaaaaaaaaa!" Es macht nichts, dass mein Blick verschwommen ist, es macht nichts, dass da Leute sind, die mich sehen und hören, es ist alles egal, weil ich hier oben bin, weil ich es wirklich gemacht habe, ich, im Rolli. Mit Markus. „Markus, wir haben es wirklich geschafft!"

Markus steht rechts neben mir und legt mir seine Hand auf meine linke Schulter. Wir waren schon auf so vielen Gipfel zusammen, aber nie war das Glück so groß und so mächtig und so allumfassend.

Wir stehen einfach da, keiner von uns sagt etwas, und ich genieße diesen Moment. Ich koste ihn aus, fühle das alles hier, das Glück, den kühlen Wind, die warme Sonne, Markus. Die Ruhe. Diese unglaubliche Ruhe.

Irgendwo von weit weg sind Stimmen zu hören, aber die paar

Leute, die mit uns auf dem Rondell stehen, scheinen alle ganz still zu sein. Ich wische mir mit dem Handrücken die Tränen aus den Augen und sehe mich um.

Sechs Menschen außer uns sind auf dem Rondell. Ein Pärchen steht ein paar Meter entfernt links von uns, Hand in Hand. Beide schauen zu uns rüber, halten sogar den Blick, als sich ihre Blicke mit meinem treffen. Am Gipfelstein stehen vier Rennradfahrer, die vermutlich Fotos von sich neben der Plakette am Gipfelstein machen wollen, aber auch sie scheinen in eine Art Dornröschenschlaf gefallen zu sein und gucken zu mir und Markus.

„Glückwunsch!", schreit einer zu uns herüber, als sie merken, dass ich zu ihnen schaue.

„Alle Achtung!", ruft ein anderer.

„Danke!", schreie ich zurück. „Lasst euch nicht von mir von euren Fotos abhalten!"

Sie lachen. Und dann fangen sie wirklich an, sich zu bewegen.

Ich wende mich wieder nach Süden. Inzwischen kann ich wieder klar sehen und nehme die Aussicht in mich auf. Direkt vor uns liegt der Wurmberg mit der weithin sichtbaren ehemaligen Skisprungschanze. Rechts davon Torfhaus mit den Sendemasten. Dahinter und weiter rechts die deutlich niedrigeren Berge des Harzes und im Hintergrund die sanfteren Hügel der Kasseler Berge, des Sollings und des Weserberglandes. Ich lasse das Panorama noch eine Weile auf mich wirken. Dann schaue ich zu Markus hoch und sage:

„Danke."

„Wofür?"

„Dass du das mit mir gemacht hast. Dass du mir dieses Erlebnis ermöglichst."

„Es ist auch für mich ein besonderes Erlebnis. Die letzten Meter hier mit dir auf dem Gipfel ... In diesem Moment bei dir sein zu dürfen, das ist etwas ganz Großes."

Er beugt sich zu mir hinunter und umarmt mich. Es ist so eine Art Männer-Umarmung mit verlangsamtem Schulterklopfen. Mit einem Rollifahrer funktioniert sie nicht gut. Trotzdem hält Markus sie lange, bevor er sich wieder aufrichtet und meint:

„Komm, wir machen noch ein Gipfelfoto. Und dann müssen wir uns sputen, wenn wir noch was zu essen kriegen wollen."

Markus macht mehrere Bilder, einige von mir allein vor dem Gipfelstein, die meisten von uns zusammen. Im Touristensaal gibt es nur noch die legendäre Erbsensuppe mit Bockwurst, denn es ist kurz vor sechs und das Restaurant schließt gleich. Eigentlich mögen weder Markus noch ich gern Erbsensuppe, aber heute Abend würde uns wahrscheinlich alles schmecken. Mit großem Appetit leeren wir unsere Teller und kippen die Apfelschorle runter.

Auf dem Rückweg zur Brockenstraße bleiben wir noch kurz am nördlichen Rand des Brockenplateaus stehen und genießen die Aussicht über Ilsenburg, Werningerode und die weite norddeutsche Tiefebene.

Dann machen wir uns auf den Weg zur Brockenstraße.

Bergab sind wir deutlich schneller, logischerweise, aber das dauerhafte Bremsen geht ganz schön in meine strapazierten Finger. Im Brockenbahnhof steht noch die Brockenbahn – die letzte Fahrt ist in einer Viertelstunde, wie ich dank unserer Recherchen weiß. Spontan biege ich rechts ab auf den Bahnsteig.

„Was machst du?", fragt Markus.

„Fragen, ob sie uns mitnehmen", antworte ich.

„Ich denke, man muss es drei Tage im Voraus anmelden." Natürlich erinnert auch er sich an jedes Detail unserer Recherchen. „Und in Schierke gibt es keinen Hubwagen."

„Fragen kostet ja nichts. Wenn sie uns lassen, fahren wir bis Drei Annen Hohne, und ich spendiere uns ein Taxi. Wärst du einverstanden?"

Markus guckt mich verwundert an. „Sagtest du nicht vor ein paar Wochen, in so einen Hubwagen kriegen dich keine zehn Pferde?"

„Doch. Aber ich habe vorhin meine Meinung über Hubwagen allgemein und über ihre Inanspruchnahme durch mich geändert." Ich grinse. „Und außerdem weiß ich nicht, ob ich zehn Kilometer bremsen mit diesen Fingern wirklich durchhalte."

Wir haben tatsächlich Glück. Der Zug hat einen rollstuhlgeeigneten Wagen, und der Hubwagen steht sogar bereit, denn ein anderer Rollstuhlfahrer ist gerade in den Zug gestiegen, wie der freundliche Bahnmitarbeiter uns verkündet. Er ist begeistert von der Tatsache, dass Markus und ich ohne weitere Hilfsmittel die Brockenstraße bewältigt haben und scheint so etwas wie Stolz zu empfinden, nun Teil dieses ungewöhnlichen Ereignisses zu werden, indem er uns unangemeldet mitnimmt.

Mit Hilfe des Hubgeräts in den Zug einzusteigen, dauert alles in allem mehrere Minuten. Die ergriffene Aufgeregtheit des Schaffners hilft mir, mein eigener Stolz, weil ich das jetzt einfach mache, hilft auch – das Gefühl, dass mich die anderen Fahrgäste anstarren, und meine Fantasien, welche mitleidigen Gedanken durch ihre Köpfe schwirren, sie sind trotzdem da und schwer zu ertragen. Ich atme auf, als ich endlich im Waggon bin und gegenüber von Markus meinen Platz einnehme.

Der andere Rollstuhlfahrer ist eine ältere Dame mit einem Elektromobil. Sie hört offenbar nicht mehr gut, und so können Markus und ich unschwer der Unterhaltung zwischen ihr und ihrer Familie entnehmen, dass sie fast den gesamten Tag auf dem Gipfel verbracht haben und zum Schluss im Brockengarten waren. Das erklärt, warum wir ihnen nicht begegnet sind.

Als die Bahn losfährt, schauen die Frau und ihre Familie aus dem Fenster, und ihre Unterhaltung verebbt.

Eine Weile schweigen auch Markus und ich. Ich bin erschöpft und dennoch auf eine Art hellwach, noch immer vollgepumpt mit Glückshormonen.

Ich war auf dem Brocken. Es hat mehr als acht Stunden gedauert und an einer Stelle habe ich es nicht ohne Markus' Hilfe geschafft. Aber das Coolste ist, dass das in Ordnung ist. Dass ich es aus tiefstem Herzen okay finde, seine Hilfe gebraucht zu haben. Und ich habe es sogar ertragen, mit einem Hubwagen in den Zug zu steigen. Jetzt sitze ich hier mit Markus am Ende dieses denkwürdigen Tages und darf diese berauschende Mischung aus Stolz, Glück und Müdigkeit spüren.

„Irgendwann fahre ich mit Fredi mit der Brockenbahn hoch", sage ich zu Markus. „Sie hätte es so gern gemacht, damals im Winter, als wir auf dem Parkplatz in Torfhaus standen und auf den Brocken geschaut haben."

„Willst du nicht mit ihr hochgehen?", fragt Markus.

„Nein. Dieses Erlebnis bleibt dir vorbehalten. Ohne dich wäre ich nie oben angekommen."

Er könnte jetzt sagen, dass es jeder geschafft hätte, mich das kleine Stück zu schieben. Aber er weiß vermutlich genau wie ich, dass das nicht der Punkt ist.

Er ist mein Freund.

Da ist so viel Vertrauen zwischen uns.

So viel gemeinsame Geschichte.

Heute haben wir dieser Geschichte ein weiteres Kapitel hinzugefügt. Eines, das unsere Freundschaft noch einmal ein ganzes Stück tiefer macht.

Mit keinem anderen wäre ich hier hochgegangen.

Nicht einmal mit Fredi.

„Mit Fredi will ich's romantischer", erkläre ich.

„Klar." Markus scheint keinen Zweifel daran zu haben, dass das mit mir und Fredi nicht für immer vorbei ist.

Ich stelle mir vor, wie ich mit Fredi auf dem Gipfel stehe. Irgendwann, wenn ich es hingekriegt habe, wieder auf sie zuzugehen und falls wir tatsächlich wieder zusammenkommen sollten. Irgendwas in mir sagt mir, dass sie die Verbindung zwischen uns noch ebenso spürt wie ich und dass das abgerissene und verletzte Ende ihrer Hälfte der Verbindung sich genauso suchend dorthin ausstreckt, wo sie mich vermutet, wie meine sich in ihre Richtung reckt. Wir würden nebeneinander stehen, Hand in Hand, wir würden zusammen die Aussicht genießen und uns den Gip-felwind um die Nase wehen lassen. Und dann würde sie sich auf meinen Schoß setzen und wir würden uns küssen. Ich liebe sie so sehr, immer noch. Ab Montag werde ich täglich in der Mensa zu Mittag essen und den Maschsee wieder zu meinem Lieblingsauf-enthaltsort erklären.

Früher oder später werden wir uns begegnen.

Dann spreche ich sie an.

Das werde ich.

Ganz sicher.

DANK

Zuallererst gilt mein Dank dir, liebe*r Leser*in! Ich freue mich sehr, dass du Sascha und Markus durch diesen besonderen Tag begleitet hast. Ich hoffe, die Geschichte konnte dich gefangen nehmen und berühren und Sascha und Markus in dir lebendig werden lassen. Denn dafür habe ich sie geschrieben.

Danken möchte ich an dieser Stelle auch allen Leser*innen und Blogger*innen, die mein Debüt „Weil du es bist" gelesen und ihr Leseerlebnis mit anderen geteilt haben. Eure Unterstützung, eure Begeisterung für die Geschichte und ihre Protagonisten, eure Rezensionen, Nachrichten und Kommentare waren und sind überwältigend und haben entscheidend dazu beigetragen, dass mit „Gipfelstürmer" nun ein drittes Spin-Off zu „Weil du es bist" das Licht der großen weiten Buchwelt erblickt hat.

Ich danke Alizée Korte, die mich mit dem Stichwort „ZEITLUPE" im Rahmen der #authorschallenge auf Instagram nominiert hat. Die Geschichte von Saschas und Markus' Brockenbesteigung spukte schon länger in meinem Kopf herum, und so fand sich nun ein Aufhänger, sie tatsächlich aufzuschreiben. Das Stichwort passte so gut, als hättest du, liebe Alizée, es geahnt! Danke auch fürs zweimalige Testlesen, deinen Blick für Details und deine Sichtweise auf bestimmte Aspekte, die so anders war als meine und mich gerade deshalb hier und da ins Überlegen gebracht und dazu veranlasst hat, die eine oder andere Stelle noch einmal einer genauen Prüfung zu unterziehen und sie neu zu denken.

Jona, dir danke ich ganz besonders, nicht nur fürs dreimalige Testlesen, sondern auch für dein tiefes Einfühlen in die Geschichte, für die vielen hilfreichen Anmerkungen, deine Liebe zu meinen Figuren ... ach, und ich danke dir außerdem einfach dafür, dass es dich gibt und dass wir einander getroffen haben! Den Austausch mit dir – nicht nur über unsere Bücher – und unsere Freundschaft möchte ich nicht mehr missen!

Zum Schluss möchte ich auch meinem Mann und meinen Kindern danken, einfach dafür, dass es euch gibt und dass ihr Teil meines Lebens seid!

Herzliche Grüße, Sabine Nagel

LIEBE*R LESER*IN, ...

hat dir die Geschichte von Sascha und Markus gefallen? Ich würde mich sehr freuen, wenn du mich (und andere) an deinem Leseerlebnis teilhaben lassen würdest, zum Beispiel in Form einer kurzen Rezension, dort, wo du das Buch gekauft hast, oder auf LovelyBooks oder in anderen Shops oder Portalen. Das hilft nicht nur anderen, diese Geschichte zu finden, sondern ist auch für mich als Autorin ein wertvolles Feedback.

Zusätzlich hilfst du mit einer Rezension oder einer Sternebewertung bei Amazon sehr, dieses Buch sichtbarer zu machen, sodass es noch mehr Leser*innen finden kann. Auch jede Empfehlung, sei es im Freundes-, Familien- oder Bekanntenkreis oder in den sozialen Medien, trägt dazu bei, die Geschichte von Sascha und Markus bekannter zu machen.

Ich freue mich darüber hinaus natürlich auch über Mails an info@s-ng.de oder über Kommentare auf meiner Homepage www.s-ng.de, auf Instagram bei @sabine.nagel.autorin oder auf meiner Autorenseite bei Facebook https://www.facebook.com/AutorinSabineNagel.

Der Dialog mit meinen Leser*innen ist für mich ein großes, glitzerndes Geschenk – denn es fühlt sich einfach toll an, erfahren zu dürfen, wie meine Protagonisten in die Leserherzen anderer einziehen und dort vielleicht sogar bleiben.

In diesem Sinne: Bis vielleicht ganz bald!

Herzliche Grüße, Sabine Nagel

WEITERE WERKE DER AUTORIN

Wenn dir „Gipfelstürmer" gefallen hat und du noch mehr über Sascha (und Fredi) erfahren willst, so seien dir diese Werke ans Herz gelegt, die in inhaltlichem Zusammenhang mit dieser Geschichte stehen. Alle vier Bücher können unabhängig voneinander gelesen werden.

Die chronologische Reihenfolge ist:

1. Weil du es bist – Roman
2. Über den Berg – Kurzgeschichte
3. Zurück. – Kurzgeschichte
4. Gipfelstürmer – Kurzgeschichte

Außerdem gibt es noch einen weiteren Roman von mir, den Coming-of-Age-Roman „Irgendwie dazwischen oder: Das mit Percy".

Mehr Informationen zu den einzelnen Werken findest du auf den folgenden Seiten.

„Weil du es bist" – Roman

<u>Kurztext:</u>

Eine Liebe, so groß wie ein ganzer blauer Sommerhimmel. Zwei junge Menschen, wie füreinander bestimmt. Doch für einen von ihnen ist es zu früh.

Eigentlich ist es ein Anfang, der keiner sein sollte. Denn für Sascha ist eineinhalb Jahre nach seinem folgenschweren Unfall nichts mehr so wie es war. Aber als Fredi ihm begegnet, gibt es vom ersten Moment an kein Zurück. Da ist dieser Zauber. Diese unmittelbare Verbindung. Dieses Glück. Das zwischen ihnen, das ist Liebe.

Und so lassen sie sich aufeinander ein, ohne Wenn und Aber, trotz allem. Zusammen fliegen sie wie Schmetterlinge durch den Himmel und zugleich sind sie auf einer wundervollen Entdeckungsreise zueinander. Es scheint, als könnte es ihnen gelingen, die dunklen Momente zu überwinden und das Glück festzuhalten.

Doch dann trifft Fredi eine Entscheidung, deren Tragweite sie völlig unterschätzt …

Eine atmosphärische und dichte Geschichte über eine große Liebe, von überwältigendem Glück und stillem Schmerz, ein Roman über Verlust und Trauer – und einen vorsichtigen Neuanfang.

396 Seiten.
ISBN Taschenbuch: 978-3-7504-1779-3 (überall im Buchhandel)
auch als E-Book erhältlich (exklusiv bei Amazon)

Leseprobe und weitere Informationen: www.s-ng.de/?page_id=41

„Über den Berg" – Kurzgeschichte

Kurztext:

Die E-Mail eines verloren geglaubten Freundes aus seinem alten Leben beschert Sascha einen ganz besonderen Tag, wie er es so nie für möglich gehalten hätte.

Aus einem tiefen Tal heraus gesehen wirkt ein Berg umso unüberwindbarer. Man mag ihn gar nicht erst in Angriff nehmen. Sascha hat schon ein Stück Wegstrecke im Tal zurückgelegt, aber noch kaum an Höhe gewonnen. Am Ende des Tages, dessen Zeuge du hier wirst, ist Sascha noch lange nicht über den Berg. Aber er hat einen Freund und endlich genug Kraft, sich der Herausforderung zu stellen. Oben leuchtet der blaue Himmel. Ein bisschen davon kann Sascha schon sehen.

24 Seiten.
ISBN Heft: 978-3-7504-1936-0 (überall im Buchhandel)
auch als E-Short erhältlich (exklusiv bei Amazon)

Leseprobe und weitere Informationen:
www.s-ng.de/?page_id=41

„Zurück." – Kurzgeschichte

Kurztext:

„Zurück." ist die Geschichte von einem, der lange weg war und langsam wieder zurück ins Leben findet.

Nach einem schweren Unfall, der sein Leben grundlegend veränderte, hat sich Sascha lange von seinen Freunden zurückgezogen. Auf einer Party stellt er sich erstmals der erneuten Begegnung. Die Musik weckt Erinnerungen und neue Kräfte ...

24 Seiten.
ISBN Heft: 978-3-7504-2285-8 (überall im Buchhandel)
Auch als E-Short erhältlich (exklusiv bei Amazon)

Leseprobe und weitere Informationen:
www.s-ng.de/?page_id=290

Außerdem:

„Irgendwie dazwischen oder: Das mit Percy" – Coming-of-Age-Roman für Jugendliche ab 14 und Erwachsene.

Kurztext:

Drei Wochen im Herbst 2009. Für Manu und Percy geht es in diesen Tagen um alles, was sie sind und was sie waren. Aber sie haben einander, vielleicht jedenfalls. Wenn man sich doch nur sicher sein könnte ...

Manus Welt ist eigentlich ganz in Ordnung. Zwar ist Manus Mutter entweder völlig überdreht oder liegt leidend im Bett, doch Manu kommt damit klar, nicht zuletzt wegen der Freundschaft zu Phil, Tom und den anderen. Aber dann begegnet Manu Percy, und nichts ist mehr, wie es war. Warum ist Percy so schweigsam? Wieso wird er plötzlich so wichtig für Manu? Und warum, verdammt noch mal, bringt er alles durcheinander, was Manu bisher über sich selbst dachte? Plötzlich stellt sich die Frage: Gibt es nur Mädchen oder Junge? Oder kann man auch irgendwie dazwischen sein? Und: Kann Percy unter diesen Umständen jemals etwas anderes für Manu empfinden als eine Ahnung von Freundschaft?

Ein bewegender und dichter Roman, in dem das Schweigen manchmal ganz laut werden kann. Wo die Worte oft knapp sind und dennoch reiche Bilder zaubern - eine Geschichte über Verzweiflung, Mut und die Wucht des Glücks.

274 Seiten
ISBN Taschenbuch: 978-3-7543-7350-7 (überall im Buchhandel)
auch als E-Book erhältlich (exklusiv bei Amazon)

Leseprobe und weitere Informationen:
www.s-ng.de/?page_id=1016